JN091007

原文からひろがる源氏物語

田中順子

澪標

もくじ

澪標

澪標

譲位の涙

さやかに見えたまひし夢の後は、院の帝の御ことを心にかけきこえたまひて、いかで、かの沈みたまふらむ罪救ひたてまつることをせむと、おぼし嘆きけるを、かく帰りたまひては、その御いそぎしたまふ。神無月に御八講したまふ。世の人なびきつかうまつること、昔のやうなり。

大后、なほ御なやみ重くおはしますうちにも、つひにこの人をえ消たずなりなむことと心病みおぼしけれど、帝は、院の御遺言を思ひきこえたまふ。ものの報いありぬべくおぼしけるを、なほし立てたまひて、御ここち涼しくなむおぼしける。時々おこりなやませたまひし御目もさはやぎたまひぬれど、おほかた世にえ長くあるまじう、心細きこととのみ、久しからぬことをおぼしつつ、常に召しありて、源氏の君は参りたまふ。世の中のことなども、隔てなくのたまはせなどしつつ、御本意のやうなれば、おほかたの世の人も、あいなくうれしきことによろこびきこえける。

源氏は明石から帰京すると、早々に故院の追善供養のため、《御八講》[*①]の準備にとりかかる。

故院は、須磨の地で天変地異の脅威に身をさらされて、生きる気力をすっかり無くしていた源氏に、救いの手を差し伸べて明石へと導いてくれた。再び無事に京の土を踏めたのも故院のお陰であり、この感謝の気持ちを何かで表したいという思いは、源氏の心に深く刻まれていたのだった。

父故院との邂逅が実現したのは須磨の避難所で見た夢の中だった。はかない出会いであったが、その時、源氏は《さやかに見えたまひし夢の後は》と、夢の中でも父の姿形をはっきりと瞼に焼き付けることができた。父は遠くからでも自分のことを気に掛けて見守ってくれていたのだ。父と心を通わせることができたという喜びが体中をかけ巡り、源氏は生き抜く力を得ることができた。父は確かに自分の中に存在しているという思いは、源氏に心のゆとりをもたらす。父が夢の中でもらした《院の帝の御こと》は、須磨から明石に移ってから後、片時も源氏の頭から離れなかった。

父は夢の中で死後の世界では、生前知らずに犯した罪の償いをし終えるのに追われていると語ったのだった。父の被っている厄難を他人事のように聞き過ごすことはできない。《かの沈みたまふらむ罪救ひたてまつることをせむ》——未だあの世で苦しんでいるという罪障[*②]から父を救わなくてはと思ってきた。今度は自分が父のために力を注いで恩返しをしたかった。しかし明石にいる間はそう思うばかりでどうにもできずにいた。

念願だった故院のための追善供養《御八講》が盛大に実施されたのは、帰京が叶った年の十月である。それは帰京した源氏が世間に帰り咲き、権大納言として初めて手がけた仕事となった。世間は亡き父に孝養を尽くす源氏を全面的に支持した。《世の人なびきつかふまつること、昔のやうなり》と、世間の人々は昔そうであったように、誰しもが源氏に従い、役に立とうと仕事の一端を申し出たりして協力を惜しまなかった。

一方、源氏が帰京したことを知るにつけ、苦々しい思いをかみしめていたのは大后である。大后は病気がなかなか回復せず身動きもままならないうちに、不本意にも源氏は京に戻ってしまった。大后は《つひにこの人をえ消たずなりなむことと心病みおぼしけれど》と、無念な思いを漏らす。「消つ」は、あったものを無くす。「え」～「ず」で不可能を表す。「心病む」は、不快に思う。大后は、結局は長い間の憎しみの的であった源氏の勢力を押しつぶすことができなかった。今は悔しさを滲ませながら病床で力弱くつぶやくしかない。

これまではいちいち大后の意向を仰いで事に当たっていた帝は、大后の意向に逆らって源氏を呼び戻して以来、自分の判断で政（まつりごと）を行っている。今、帝を支えているのは《院[*③]の御遺言を思ひきこえたまふ》と、父故院の遺言である。故院は何ごとに付けても、源氏を相談相手にするようにと、帝に言い聞かせてこの世を去った。それなのに父の遺言は無視され、源氏は政から遠ざけられ、ついには都から追放されてしまった。

しかし、その後も世の乱れは収まらず、帝は夢の中の故院ににらまれて眼病を患い、大后も病んで床に臥すようになり、その上、重責を担っていた右大臣も亡くなり、政権側に凶事が続いた。遺言を無視してきたことに良心の呵責を感じていた帝は、それらの凶事は源氏がさしたる咎もないのに罪を負うことになった、その報いの表れではないかと思うようになる。

帝の思いは募り《なほし立てたまひて》と、大后の反対を押し切って源氏を都に召還し、元の地位に就けて政権の座を与えるという行動に及ぶ。帝は《御ここち涼しくなむおぼしける》と、やっと胸のつかえが取れて清々しい気分を味わう。

かねてからの眼病も《時々おこりなやませたまひし御目もさはやぎたまひぬれど》と、時折痛みに襲われて随分と苦しい思いもしたが、今はすっかり回復した。「さはやぐ」は、病気が回復して気分もよくなること。しかし帝はもともと身体が弱く、自分に自信が持てない。大后の干渉をはねのけて源氏を無事召還させたことで一生分の力をすべて使い果たしてしまったように感じている。

将来についても《おほかた世にえ長くあるまじう、心細きこととのみ、久しからぬことをおぼしつつ》と、万事につけ弱気で引き気味である。自分は長くは生きられまいと決めてかかると、さきゆきの不安ばかりが頭を占め、譲位の心づもりが幾度も胸をよぎる。源氏には常に呼び出しを掛けるので、そのたびに源氏は参上し帝の側らに控える。帝は《世の中のことなども、隔てなくのたまはせなどしつつ》と、源氏に政治上のあれこれの問題について、洗いざらい語ってゆく。そうするのが帝のかねてからの希望だったようで、世間の人々から見ても《あいなくうれしきことによろこびきこえける》と、帝と源氏が仲むつまじく政に当たる姿は、これ以上ない理想の形として大歓迎であった。

下(お)りゐなむの御心づかひ近くなりぬるにも、尚侍(ないしのかみ)、心細げに世を思ひ嘆きたまへ

る、いとあはれにおぼされけり。「大臣亡せたまひ、大宮もたのもしげなくのみあついたまへるに、わが世残り少なきここちするになむ、いといとほしう、名残なきさまにてとまりたまはむとすらむ。昔より人には思ひおとしたまへれど、みづからの心ざしのまたなきならひに、ただ御ことのみなむ、あはれにおぼえける。立ちまさる人、また御本意ありて見たまふとも、おろかならぬ心ざしはしも、なずらはざらむと思ふさへこそ、心苦しけれ」とて、うち泣きたまふ。女君、顔はいとあかくにほひて、こぼるばかりの愛敬にて、涙もこぼれぬるを、よろづの罪忘れて、あはれにらうたしと御覧ぜらる。「などか御子をだに持たまへるまじき。くちをしうもあるかな。契り深き人のためには、今見出でたまひてむもと思ふもくちをしや。限りあれば、ただ人にてぞ見たまはむかし」など、行く末のことをさへのたまはするに、いとはづかしうも悲しうもおぼえたまふ。御容貌など、なまめかしうきよらにて、限りなき御心ざしの年月に添ふやうにもてなさせたまふに、めでたき人なれど、さしも思ひたまへらざりしけしき、心ばへなど、もの思ひ知られたまふままに、などて、わが心の若くいはけなきにまかせて、さる騒ぎをさへ引き出でて、わが名をばさらにもいはず、人の御ためさへ、などおぼし出づるに、いと憂き御身なり。

帝から譲位の心づもりを聞き、その日が近づくにつれて、動揺を隠せないのが尚侍*④である。

尚侍は《心細げに世を思ひ嘆きたまへる》と、わが身の行く末はどうなるのか不安を募らせている。そんな尚侍がかわいそうでならず、慰めのことばを掛けずにはいられない。《大臣亡せたまひ、大宮もたのもしげなくのみあついたまへるに、わが世残り少なきここちするになむ》と、近頃身内を襲った不幸の幾つかをあげる。

常に蔭にあって、何かと気に掛けてくれた右大臣が亡くなり、一族の大黒柱であった大后も、もはやその力を当てにすることなどできないくらい病気は重い。「あつい」は、病気が重くなる意の「篤ゆ」が、元のことば。自分もそう長くは生きられない気がすると、帝は気弱くぼやく。

そして《いといとほしう、名残なきさまにてとまりたまはむとすらむ》――周りが何もかも変わってしまった境遇に、あなたが一人取り残されていくのかと思うと、かわいそうでならないと言いつつ、常に意識下に座を占める源氏を思い浮かべている。帝は対抗心が出て、《昔より人には思ひおとしたまへれど、みづからの心ざしのまたなきならひに、ただ御ことのみなむ、あはれにおぼえける》と言って、本音をさらす。昔からあなたは私を源氏より軽く見ているが、私の愛情は誰にも負けないほど強く、あなたのことが愛しくてならないと、思いのたけを吐かずにはおれない。

帝を苦しめるのは《立ちまさる人、また御本意ありて見たまふとも》と退位後、源氏が近寄るのを視野に入れた場面を想像することである。源氏のことを《立ちまさる人》――自分にはとても及ばない人と言い、その人に惹かれる尚侍はよりを戻して逢瀬を重ねていくだろう。しかし、《おろかならぬ心ざしはしも、なずらはざらむと思ふさへこそ、心苦しけれ》と、あなたを思う私の気持ちだけは比べものになるまいと、思うことがまたたまらなくつらいと悔し涙を浮かべる。常に二番手に甘んじることで体面を繕ってきた帝がまた嫉妬に身を焼く男の本音をさらす。

嫉妬にからめた繰り言になろうと帝の告白のことばに嘘はない。女君は《顔はいとあかくにほひて、こぼるばかりの愛敬にて、涙もこぼれぬるを》と、顔を上気させ溢れんばかりの気持ちを込めた感謝の眼差しで帝に応える。不実極まりない自分を変わらぬ思いで受け入れてくれることに心を打たれる。女の目からほろほろ涙がこぼれ落ちる。帝は女のはっとするような魅力的な表情に心を奪われる。《よろづの罪忘れて、あはれにらうたしと御覧ぜらる》と、過去の煩わしいことは一切頭から消え、ただ女君をいとおしむ気持ちで胸が一杯となる。

だが一方で、女君を見れば自ずと心に浮かぶ源氏の影を振り払うことができず、日頃は封印している嫉妬心がもたげる。帝は《「などか御子をだに持たまへるまじき。くちをしうもあるかな》と、女の意志が働いて子を持たないでいるような《などか》《御子をだに》などと、強意のことばで責める。さらに妄想を脹らませ《契り深き人のためには、今見出でたまひてむもと思ふもくちをしや。限りあれば、ただ人にてぞ見たまはむかし》と、帝のむき出された嫉妬心は女君を直撃する。宿縁深い源氏のためにはすぐにも子を産むだろうと思うと悔しくてならぬ、だが身分は決まっているのでその子は臣下の子として育つのだなどと、思い付くままの意地悪を口にする。

女君は《行く末のことをさへのたまはするに、いとはづかしうも悲しうもおぼえたまふ》と、帝のことばにしてはあからさま過ぎて耳をふさぎたい気持ちだが、そんなことまで口にしてしまう帝のねじけた心根を思うと、気の毒でもあり悲しくなる。かと言って帝を嫌いになるわけではない。

帝の顔だちは《なまめかしうきよらにて》と、気品に満ちて充分に美しい。そして女君には《限りなき御心ざしの年月に添ふやうにもてなさせたまふに》と、年が経つにつれて、ますます深い愛情を寄せてくれる。そんな人をどうしておろそかにできようか。

源氏は確かに《めでたき人なれど》——何もかも備わって申し分なく美しい人ではあるが、《さしも思ひたまへらざりしけしき、心ばへなど、もの思ひ知られたまふままに》と、その人と付き合ってみれば、態度や気持ちのはしばしから、それ程自分を思ってくれているわけではないことがだんだん分かるようになった。

今は《などて、わが心の若くいはけなきにまかせて、さる騒ぎをさへ引き出でて、わが名をばさらにもいはず、人の御ためさへ、などおぼし出づるに》などと、源氏との恋を思い出しては自責の念にかられている。まだ結婚前の未熟で幼稚だった自分は情熱に駆られるまま、どうしてあんな危うい恋に飛び込んでしまったのか。その後もだいそれた騒ぎまで引き起こして、女御として春宮へ入内する道を断たれたのはもちろんのこと、都を追われ須磨、明石までさすらうことになって、源氏の運命をも変えてしまった。つくづくと《いと憂き御身なり》と、わが身が厭わしく、ことあるごとに自己嫌悪に苛まれるのだった。

＊①法華経八巻を朝夕二座ずつ四日間にわたり講読問答をする法会のこと。
＊②桐壺院が冥界で成仏ができずに成仏できずに苦しんでいる罪業
＊③拙著『原文からひろがる源氏物語賢木・花散里』の五十二ページ参照。
＊④朧月夜。「内侍」は、内侍司の長官。天皇への取り次ぎ、宮中礼式などを掌る。元来女官であるが、後には天皇や東宮の妃になる場合もあった。

政権復活

明くる年のきさらぎに、春宮(とうぐう)の御元服(げんぷく)のことあり。十一になりたまへど、ほどよりおほきに、おとなしうきよらにて、ただ源氏の大納言の御顔を二つにうつしたらむやうに見えたまふ。いとまばゆきまで光りあひたまへるを、世人(よひと)めでたきものに聞こゆれど、母宮は、いみじうかたはらいたきことに、あいなく御心を尽くしたまふ。内裏(うち)にもめでたしと見たてまつりたまひて、世の中ゆづりきこえたまふべきことなど、なつかしう聞こえ知らせたまふ。

同じ月の二十余日(にじふよにち)、御国ゆづりのこと、にはかなれば、大后(おほきさき)おぼしあわてたり。「かひなきさまながらも、心のどかに御覧ぜらるべきことを思ふなり」とぞ、聞こえなぐさめたまひける。坊(ばう)には承香殿(そきやうでん)の皇子(みこ)ゐたまひぬ。世の中あらたまりて、引き

かへ今めかしきことども多かり。源氏の大納言、内大臣になりたまひぬ。数定まりて、くつろぐ所もなかりければ、加はりたまふなりけり。

源氏帰還の年もまたたく間に明けて、その年の二月には春宮の元服式が執り行われた。十一歳の春の頃である。春宮は昔から《ほどよりおほきに、おとなしうきよらにて》と言われて育ち、そのますますすくすくと成長を遂げた。年よりは体つきがしっかりとしており、知的で凛とした風貌は輝くように美しい。「おとなし」は、大人というのにふさわしく落ち着きがあること。容貌は《源氏の大納言の御顔を二つにうつしたらむやうに見えたまふ》と、源氏の大納言と瓜二つだった。

春宮と源氏の二人が並ぶと、《いとまばゆきまで光りあひたまへるを、世人めでたきものに聞こゆれど》と、互いの美しさが照らし合って一層輝きを増すように見え、世間の人々がそれをしきりにほめたたえて吹聴するのだった。しかし、母宮ひとりはそんな世評が立ち消えない間は、《いみじうかたはらいたきことに、あいなく御心を尽くしたまふ》と、いたたまれない思いにとりつかれたまま、他のことに手もつかなくなるほどわけもなく心がかき乱されるのだった。

《内裏にもめでたしと見たてまつりたまひて》と、帝も春宮の美しく凛々しい元服姿には満足の様子で、《世の中ゆづりきこえたまふべきことなど、なつかしう聞こえ知らせたまふ》と、そのうちに帝の位を継いで世の中を治めていくことになるということを、噛んで含めるように優しく告げる。こうして春宮に直接譲位の意志を知らせた後、帝はひたすら事を急いだ。同じ二月の二十余日には《御国ゆづりのこと》[*①]を済ます。この日、朱雀帝は位を降り、春宮が正式に新たな帝の位に即いたのだった。

この間、大后は病床に臥し、蚊帳の外に置かれていた。わが子朱雀帝がいきなり譲位をしたことを知った時には、《おぼしあわてたり》と度を失う。「おぼしあわてたり」は、どうしたものか考えてうろうろする。大后は病みつきながらも、召還された源氏が勢力を持たないように封じ込めの策をあれこれ練っていたに違いない。しかし、まさか息子がさしたる落ち度もないのにあっさり帝位を手放すとは思ってもみなかったであろう。すべて帝の座に就いていればこその話なのにと、気弱な息子に呆れ、万事休すとばかり気持ちも萎える。

しかし、ただ茫然とするばかりの大后に息子は、《「かひなきさまながらも、心のどかに御覧ぜらるべきことを思ふなり」》――自分は帝位を失ってふがいない様になったが、これからはゆったりした気持ちで母上とも会えるし、母上が私のことで気を揉むこともなくなれば、母上の病も良くなるに違いないと思って譲位を決めたのだと語りかけて、気持ちをなだめようとする。大后は愛する孝行息子からいたわられ庇護されることによって、皮肉にもその持てる政治的手腕の牙を抜かれてしまったのだった。

そして皇太子には承香殿[*②]の女御が産んだ御子が立ち、世の中はすっかり変わる。《世の中あらたまりて、引きかへ今めかしきことども多かり》と、代が変わったことによりこれまで執政に当たっていた人々も入れ替わり、前代とは打って代わって、世の中は明るく華やかな気風に覆われる。新帝の後見人である源氏の大納言は内大臣*③となった。《数定まりて、くつろぐ所もなかりければ、加はりたまふなりけり》という事情があったようだ。「くつろぐ」は、ゆとりがある。左右大臣の元々の定員は決まっており、空席が無かったので、実権を握る外戚として員外に加わったのである。

やがて世のまつりごとをしたまふべきなれど、「さやうのことしげき職には堪へずなむ」とて、致仕の大臣、摂政したまふべきよし、ゆづりきこえたまふ。「病によりて、位を返したてまつりてしを、いよいよ老のつもり添ひて、さかしきことはべらじ」と、うけひき申したまはず。人の国にも、こと移り世の中定まらぬをりは深き山に跡を絶えたる人だにも、をさまれる世には、白髪も恥ぢず出で仕へけるをこそ、まことの聖にはしけれ、病に沈みて返し申したまひける位を、世の中かはりてまた改めたまはむに、さらに咎あるまじう、公私定めらる。さる例もありければ、すまひ果てたまはで、太政大臣になりたまふ。御年も六十三にぞなりたまふ。世の中すさまじきにより、かつは籠りゐたまひしを、とりかへし花やぎたまへば、御子どもなど、沈むやうにものしたまへるを、皆浮かびたまふ。とりわきて、宰相の中将、権中納言になりたまふ。かの四の君の御腹の姫君、十二になりたまふを、内裏に参ら

せむとかしづきたまふ。かの高砂歌ひし君も、かうぶりせさせて、いと思ふさまなり。腹々に御子どもいとあまたつぎつぎに生ひ出でつつ、にぎははしげなるを、源氏の大臣はうらやみたまふ。

新帝の外戚として政治的手腕をふるう場を与えられた源氏は、そのまま自分の思い通りの摂政を行うべきだった。しかし源氏は《「さやうのことしげき職には堪へずなむ」》——そのような多忙を極める職務には堪えられないと言って、元の舅である左大臣に譲ろうとする。摂政のような重要な仕事は、経験豊富な致仕の大臣でもあった左大臣が行うべきであると言う。

しかし左大臣は、病気を口実に位を返納して引き籠もっていた上に、《いよいよ老のつもり添ひて、さかしきことはべらじ》——老齢の衰えも加わって今さら摂政は荷が重い、まともな政務に携わるのは無理だと言って断る。だが源氏は辛抱強く説得を重ねる。その生真面目な性格をよくわかっているので受けてくれると信じている。「さかし」は、賢明、立派である。

《人の国にも》[*③]と、隣国の聖人の例をあげ、世が乱れて深山に引き籠もっていた人も、世が治まれば《白髪も恥ぢず出で仕へけるをこそ、まことの聖にはしけれ》——白髪も恥とせずに世に出て来て再び帝に仕える人こそ、本当の聖人にふさわしいとされている。《病に沈みて返し申したまひける位を、世の中かはりてまた改めたまはむに、さらに咎あるまじう、公私定めらる》と、病気のため辞退していた職務に、世の中が改まったのを機に再び元の位に就任するのは何の差し障りもないと、朝廷の会議でも決まり、人々の間でもそのような方向で話題となり、もとより異論はない。《さる例もありければ》と、国政を紐解けばそうした前例も見付かっており、左大臣はとうとう《すまひ果てたまはで》——断り切れずに太政大臣となる。「すまふ」は、この場合断る。この時すでに齢六十三を迎えていた。

新太政大臣は、病気を口実に世を退いていたのだが実は、《世の中すさまじきにより》というのが本音だった。肌合いの合わない「いちはやき」前政権を嫌って鳴りを潜めていた左大臣家は、そのあおりもあって《とりかへし花やぎたまへば、御子どもなど、沈むやうにものしたまへるを、みな浮かびたまふ》と、再び以前のような華やかさを取り戻す。鳴かずとばずで不遇を託っていた子息たちも、まぶしいばかりの世の中に、一斉に飛び出して活躍の場を得ていく。とりわけ《宰相の中将》に甘んじていた元の頭中将は、従三位相当の《権中納言》となって政権の重鎮の一人に躍り出る。

正妻である四の君の生んだ姫君が十二才となり、《内裏に参らせむとかしづきたまふ》——入内させるつもりで大切に育てている。かつて源氏とあの「高砂」を歌った君も[*④]《かうぶりさせて、いと思ふさまなり》——無事元服をすませて思いどおりの若者に育っている。権中納言の奥方たちに御子たちが大勢できて次々に成長していく様は《にぎははしげなるを》——賑やかで繁栄を誇っているように見えるのが、源氏は羨ましくてならないのだった。

大殿腹の若君、人よりことにうつくしうて、内裏、春宮の殿上したまふ。故姫君の亡せたまひにし嘆きを、宮、大臣、またさらにあらためておぼし嘆く。されど、おはせぬ名残も、ただこの大臣の御光に、よろづもてなされたまひて、年ごろおぼし沈みつる名残なきまで栄えたまふ。なほ昔に御心ばへかはらず、をりふしごとにわたりたまひなどしつつ、若君の御乳母たち、さらぬ人々も、年ごろのほどまかで散らざりけるは、皆さるべきことに触れつつ、よすがつけむことをおぼしおきつるに、幸ひ人多くなりぬべし。

二条の院にも、同じごと待ちきこえける人を、あはれなるものにおぼして、年ごろの胸あくばかりとおぼせば、中将、中務やうの人人には、ほどほどにつけつつ情を見えたまふに、御いとまなくて、ほかありきもしたまはず。二条の院の東なる宮、院の御処分なりしを、二なく改め作らせたまふ。花散里などやうの心苦しき人々住ませむなど、おぼしあてつくろはせたまふ。

大殿の故姫君の生んだ若君は、《人よりことにうつくしうて》――周りの誰と比べても一段とかわいらしい子に育ち、幼いながらも宮中と春宮御所の童殿上[*6]を務めている。そんな健気な若君の成長ぶりに、大宮や大臣は娘を失って悲しみにくずおれていた頃が甦り、今また新たな悲しみで胸を一杯にするのだった。

けれども源氏は《おはせぬ名残も、ただこの大臣の御光に、よろづもてなされたまひて》と、北の方が亡くなった後も、左大臣家との縁をないがしろにはせず、何かあればこれまでと変わらず相談に乗ったり気に掛けたりして、丁重にもてなしながら付き合いを続けてきた。そんな源氏の威光のもとで左大臣は、《年ごろおぼし沈みつる名残なきまで栄えたまふ》と、長い間不遇に甘んじていたことなど、すっかり忘れてしまうほど隆盛を極めたのである。

源氏は時代がどう変わろうと、《なほ昔に御心ばへかはらず、をりふしごとにわたりたまひなどしつつ》と、昔のままに何かきっかけを見つけては、そのたびごとに左大臣邸を訪問した。そこで育つ若君と乳母たち、その他の女房たちも、《年ごろのほどまかで散らざりけるは》——他家に移ったり実家に帰ったりしないで何年も左大臣家に仕えている者には目を掛けてやる。《皆さるべきことに触れつつ、よすがつけむことをおぼしおきつるに》と、適当な折を見計っては、一人一人に生活の便宜が図れるように様々な配慮をした。「よすが」は、身を託すたよりとする所や人を指す。見込みのある男との縁組みや夫、親兄弟、子供の官職の世話をして生活の安定を計ってやること。左大臣家には源氏のお陰で幸せ者が増えたようである。

二条の院の方でも、同じように自分の帰京を待ち続けてくれた女房たちを、《あはれなるものにおぼして、年ごろの胸あくばかりとおぼせば》愛しいものに思い、これまで寂しい思いをして堪えてきた分、胸の晴れる思いをしてもらわなくてはと考えている。《中将、中務やうの人人には、ほどほどにつけつつ情を見えたまふ》——中将や中務のように源氏と特別の関係がある女房たちには身分に応じて逢瀬の時をしばしば設けたので、源氏は暇がなくなり他の女の所に通うこともなかった。

二条の院の東側にある御殿は《院の御処分なりしを、二なく改め作らせたまふ》と、故院の遺産として受けついだものだが、改築を施して見違えるほど立派にした。そこに《花散里などやうの心苦しき人々住ませむなど、おぼしあててつくろはせたまふ》――さしあたっては花散里[*⑦]のように生活の困窮に直面し放ってはおけない人を念頭において作らせたのだった。


*①天皇が退位して皇太子に国の統治権を譲ること。

*②朱雀帝の女御の一人。右大臣の娘。

*③令外の官で必要に応じて置かれた。職掌は左右大臣に同じ。一条天皇の頃から、実権を握る外戚が任じられ、摂政関白になる例があらわれた。

*④漢の高祖の時代、呂后が我が子太子の安泰を図るべく、張良に謀って隠棲していた四人の賢者を招いた故事を指す。

*⑤「賢木」の巻で源氏と一緒に催馬楽「高砂」を歌った権中納言の次男。

*⑥上層貴族の子弟で元服前の七才以上の男子が天皇、東宮、院などの殿上の間に伺候することを許され、宮中の習慣や作法を学ぶこと。

*⑦もとは麗景殿女御の邸を指す。ここでは麗景殿女御の妹三の宮を指す。源氏は生活支援を怠らなかった。

女子誕生を占う

まことや、かの明石に心苦しげなりしことはいかにと、おぼし忘るる時なければ、公私いそがしきまぎれに、えおぼすままにもとぶらひたまはざりけるを、三月ついたちのほど、このころやとおぼしやるに、人知れずあはれにて、御使ありけり。とく帰り参りて、「十六日になむ、女にて、たひらかにものしたまふ」と告げきこゆ。めづらしきさまにてさへあなるをおぼすに、おろかならず。などて、京に迎へてかかることをもせさせざりけむと、くちをしうおぼさる。宿曜に、「御子三人、帝、后かならず並びて生まれたまふべし。中の劣りは、太政大臣にて位を極むべし」と、勘へ申したりしこと、さしてかなふなめり。

《まことや》は、忘れていたことを思い出したり、話の途中で思い付いたことを挟んだりする時のことば。これを冒頭に置くことで、過ぎ去った明石の世界を喚起させ甦らせる。

都へ戻る源氏を見送った後、父と母と共に明石に暮らす娘は、源氏の子を身籠もっている。源氏は《かの明石に心苦しげなりしことはいかに》と、娘はいつ頃産み月を迎えるのだろうか、などといつも気に掛けて忘れることはなかった。「心苦しげなりしこと」は、別れた時の娘の懐妊状態を痛々しそうに見た源氏の立場からのことば。

しかし、京へ帰還した源氏を待っていたのは、《公私いそがし》い日々だった。宮中に限らずどこへ行っても源氏を必要とする人々がいた。三年近くの不在でかえって京の人々には、源氏の存在の大きさを知らしめたようである。だから忙しさにまぎれてふと、明石のことを思い出して心に思ってみても、《えおぼすままにもとぶらひたまはざりけるを》と、たっぷり時間を取って手紙をしたためることさえ到底できなかった。「とぶらふ」は、手紙、訪問などで心を込めて相手を見舞い慰める。

だが、源氏なりに産み月の見当はつく。《三月ついたちのほど、このころや》と、出産を控えていかにも苦しげな様子の娘を思い浮かべる。源氏は自分の不在を恨みつつ、遠い田舎で一人出産に臨む娘が不憫でならず、《人知れずあはれにて》と、人目のないところで娘への思いを募らせていたが、埒(らち)が明かず思い余って使者を出す。しかし使者は直ぐに戻って、《「十六日になむ、女にて、たひらかにものしたまふ》という朗報を源氏に届けたのである。

母子共に《たひらかにものしたまふ》という知らせは、何より源氏を安堵させたが、《女にて》と告げたことばは源氏を刺激した。《めづらしきさまにてさへあなるをおぼすに、おろかならず》という強調のことばに表されるように、初めて女子を持つことができた源氏の喜びはじわじわと胸を突き上げて尋常ではいられない。《めづらしきさま》は、馴れなくて新鮮に感じられ心引かれる時に使う。

当時上流貴族階級の誰もが我が家に女子が授かれば大切に育て上げ、ゆくゆくは入内させるという夢を抱きそれを実行に移そうと努めた。この物語の中でも桐壺の更衣、夕顔、空蟬などの親たちがそうした夢に挑戦したものの、志半ばで倒れた過程を我々は知っている。喜びに浸る源氏の眼前にも、入内という夢によって運命を切り開いていく道が、はっきり見えていたに違いない。

だからこそ悔しがる。《などて京に迎へてかかることをもせさせざりけむ》——どうして娘を京に迎えてからお産をさせなかったのかと。幾外の田舎生まれではせっかくの姫君も形無しではないか。

源氏はこれまで宿曜師、相人、夢解き人などと言われる占い師から告げられたさまざまの予言のことばを思い起こし、その中に女子誕生に関する予言もあったのを鮮やかに思い出す。それは《「御子三人、帝、后必ず並びて生まれたまふべし。中の劣りは、太政大臣にて位を極むべし」》という、ある宿曜師のことばだった。御子[*①]は三人で、その中から帝と后が必ず揃って生まれるだろう、残りの一人は太政大臣となって人臣の位を極めるだろうというのである。

この度、現に春宮が朱雀帝に代わって帝の座に即いたことを考えると、宿曜師のことばは《さしてかなふなめり》と、どうやら一つひとつ適中していくようだ。そうなれば新たに生まれた女子の運勢は、入内に止まらず后の位まで限りなく開けていくのだろうか、と源氏は漠然とながら喜びの感情に包まれるのを禁じ得ない。

おほかた上なき位にのぼり、世をまつりごちたまふべきこと、さばかりかしこかりしあまたの相人どもの聞こえ集めたるを、年ごろは世のわづらはしさに皆おぼし消ちつるを、当帝のかく位にかなひたまひぬることを、思ひのごとうれしとおぼす。みづからも、もて離れたまへる筋は、さらにあるまじきこととおぼす。あまたの皇子たちのなかに、すぐれてらうたきものにおぼしたりしかど、ただ人におぼしおきてける御心を思ふに、宿世遠かりけり、内裏のかくておはしますを、あらはに人の知ることならねど、相人の言むなしからず、と、御心のうちにおぼしけり。今、行く末のあらましごとをおぼすに、住吉の神のしるべ、まことにかの人も世になべてならぬ宿世にて、ひがひがしき親も及びなき心をつかふにやありけむ、さるにては、かしこき筋にもなるべき人の、あやしき世界にて生まれたらむは、いとほしうかたじけなくもあるべきかな、このほど過ぐして迎へてむ、と、おぼして、東の院急ぎ造らすべきよし、もよほし仰せたまふ。

源氏の相を占った多くの優れた人相見たちは、《おほかた上なき位にのぼり、世をまつりごちたまふべきこと》——最高位の帝の位に即き天下を治める相の人であると、口を揃えて告げていたのに、源氏はいつも《年ごろは世のわづらはしさに皆おぼし消ちたるを》と、世の多事多難の渦に巻き込まれて、そんな夢のような予言のことはあえて無視し気にも掛けなくなったのである。それがこの度、自分と血のつながる子の上にもたらされたのだ。

源氏自身も人相見たちが予言するような《もて離れたまへる筋》――自分が帝位に即くなどということは、これまで生きてきた現実と余りにもかけ離れていて、《さらにあるまじきこと》としか思えないのが正直な実感であった。

だが故院は大勢の皇子たちの中で源氏を《すぐれてらうたきもの》として、格別深い愛情をもって慈しんでくれた。それは源氏を帝位継承者とする心づもりがあったからではなく、父親としての純粋な愛情をたっぷりと注いでくれたからだった。そんな父ゆえに後見人のいない源氏の将来の身を案じ、源氏には《ただ人におぼしおきてける御心を思ふに》と、臣籍に下り、ただ人となって、自らの力をたのむ道を行けという選択を与え思いきり突き放した。自分は今、帝位とは縁がない所で生きる運命だったのだとしみじみ思う。

しかし、《内裏のかくておはしますを、あらはに人の知ることならねど、相人の言むなしからず》と、源氏は心密かに納得する。今、上がこうしてゆるぎない帝位に即いていることは、それに関しての真相は人の知らぬことであるにしても、とりもなおさず相人のことばは事実無根ではないことを示している。源氏は改めてこれまでに受けた占いの真実性に思いを馳せる。

《今、行く末のあらましごとをおぼすに》――現在から将来の願い事など考えてゆくと、《住吉の神のしるべ》――すべてが住吉の神の導きによっていると気づく。そうやって住吉の神の力を信じるからこそ、《まことにかの人も世になべてならぬ宿世にて、ひがひがしき親も及びなき心をつかふにやありけむ》と、あの明石の人も並々ならぬ運命を背負い、その偏屈者の父もとんでもない野望を抱けるのであろう。

源氏はこれまで自分にかけられた不可解な現象の謎解きをしていくうちに、自分もいつのまにか明石父娘の野望の渦に巻き込まれていたことを自覚する。そうして《さるにては、かしこき筋にもなるべく人の、あやしき世界にて生まれたらむは、いとほしうかたじけなくもあるべきかな》と意気込む。《さるにては》――そういうことならばという言い方が、そうした自覚と共に新たな運命を甘受しようとする前向きな姿勢を語る。

明石で生まれた娘は将来は畏れ多い位に就くはずの人なのに、辺鄙な田舎に生まれたとあっては気の毒でもあり畏れ多くもあり、今のうちに何とか対処しなければならないと思う。そのうちに京に迎えようと心に決め、現在改築中の東の院の工事を急ぐようにと、催促の命令を下すのだった。

＊①物語の中でこの宿曜の予言がどこでなされたかは書かれていない。「桐壺」の巻には源氏の将来を高麗の相人の予言を参考に熟慮したことが描かれている。「若紫」の巻では藤壺に接近した後夢合わせで漠然と思わぬ運命の予言があった。

若やかなる乳母

さる所に、はかばかしき人しもありがたからむをおぼして、故院にさぶらひし宣旨(せんじ)

の娘、宮内卿の宰相にて亡くなりにし人の子なりしを、母なども亡せて、かすかなる世に経けるが、はかなきさまにて子産みたりと聞こしめしつけたるを、知るたよりありてことのついでにまねびきこえける人召して、さるべきさまにのたまひ契る。まだ若く、何心もなき人にて、明け暮れ人知れぬあばらやにながむる心細さなれば、深うも思ひたどらず、この御あたりのことをひとへにめでたう思ひきこえて、参るべきよし申させたり。いとあはれにかつはおぼして、出だし立てたまふ。

それ以来、源氏の頭を占めるのは明石に育ちつつある我が娘のことだった。娘は将来入内し后の位まで得るという運を引き当てているというのに、しばらくは都に住むことすらできない状態だ。多忙な公務をこなしながらも、娘に何がしてやれるのだろうかと、常に頭をめぐらせている。

ともかく早急に必要なのは質のいい乳母の存在である。日々を乳母に密着し側近く育つ娘は乳母の言動や考え方に大きな影響を受ける。生まれ育ちも良く教養もあり気立ても穏やかな人がいい。その上、宮中のしきたり、諸事情に精通している者であればなおのことよい。

しかし《さる所に、はかばかしき人しもありがたからむ》と、当然ながら思う。これだけの条件の人を明石のような田舎で見つけるのは殆ど不可能であろう。「はかばかしい」は、行動などがしっかりとした目当てを持って、てきぱきと行われるさま。都と明石の絶対的な落差は源氏自身がよくわかっている。とすればこちらで人を選んで明石に差し向けるしかない。

常に召し出されては故院の側に控えていた源氏は、広い人脈を持つ。記憶の糸を辿って父故院にゆかりのある人々を懸命に探し出す。様々に頭をめぐらせてある人物を思い付く。その人はかつて故院に仕えていた《宣旨》の娘で、父は《宮内卿の宰相にて亡くなりし人》である。《宣旨》は、帝のことばや命令を蔵人に伝える女官。上臈の女房が務める。《宮内卿の宰相》は、参議の一人であって宮内省長官を務める。従四位下相当だが、宰相なので上達部である。娘は母も失った後、頼れる縁者もいない中で生活は逼迫し、《かすかなる世に経けるが》と、かつがつの有様でその日をしのいでいた。そんな中、娘は《はかなきさまにて子産みたり》——当てにならない男に言い寄られて、子を産んだという噂を耳にしたことがあったのを思い出す。

親たちを失い今は落ちぶれて貧窮の中で暮らしているらしいが、娘の生まれ育ちは申し分ない。そして親や身寄りのないことは、かえって好条件となる。源氏はその娘なら引き受けてくれるだろうと確信してさっそく動き始める。幸い故院の関係者で、その娘と親しくしている知り合いもいたので、不自然ではなく話が通せると思ったのである。

《ことのついでにまねびきこえける人召して》——何かの折に娘についての情報を源氏の耳に入れた女房を呼ぶ。「まねぶ」は、見聞きしたことをそのまま人に語る。そして源氏は《さるべきさまにのたまひ契る》と、その女房を介して娘に明石で育つ源氏の子の乳母になるよう話を持ちかけ約束させたのだった。

娘はまだ若く《何心もなき人にて》と、特に何か考えを持っている風でもなく無邪気な感じの人で、《明け暮れ人知れぬあばらやにながむる心細さなれば》と、一日中訪れる人もない荒ら屋で、ぼんやりともの思いにふけってはあてどない日々を送っていた。そこへ降って湧いたように乳母奉公の話が舞い込む。娘は《深うも思ひたどらず》——あれこれ考える間もなく明石行きを承諾した。というのも娘は《この御あたりのことをひとへにめでたう思ひきこえて》と、源氏がかかわっていることならば、ただもう有り難がって称賛を惜しまないというような人だったからである。

源氏は若い娘が乳母奉公とはいえ、明石まで行ってそこで暮らさなくてはならないことを思うと《いとあはれにかつはおぼして、出だし立てたまふ》と、一方では不憫でならなかったのだが、ともかくも出立させたのだった。

もののついでに、いみじう忍びまぎれておはしまいたり。さは聞こえながら、いかにせましと思ひ乱れけるを、いとかたじけなきに、よろづ思ひなぐさめて、「ただのたまはせむままに」と聞こゆ。よろしき日なりければ、急がし立てたまひて、「あやしう思ひやりなきやうなれど、思ふさま異（こと）なることにてなむ。みづからもおぼえぬ住（すま）ひに結ぼほれたりし例（ためし）を思ひよそへて、しばし念じたまへ」など、ことのありやうくはしうかたらひたまふ。上の宮仕へ時々せしかば、見たまふをりもありしを、いたうおとろへにけり。家のさまも言ひ知らず荒れまどひて、さすがに大きなる所の、木（こ）

立（だち）などうとましげに、いかで過ぐしつらむと見ゆ。

出立の日、源氏は娘のことが何かと気になって、用事のついでに《いみじう忍びまぎれて》と、誰にも知られないよう極秘のうちに娘の家を訪ねる。予想していた通り娘はまだ悩んでいた。《さは聞こえながら、いかにせましと思ひ乱れけるを》と、話が持ち込まれた時は、源氏の子の乳母としての務めは名誉と思い、その場で承諾したものの、いざ出発を前にすると、明石のような田舎に下るのはどうしたものかと、心が様々に揺れ動いているのだった。

源氏はそんな娘の前へ姿を現したのである。《いとかたじけなきに、よろづ思ひなぐさめて》と、あの源氏がこんな荒ら家にまで直接来てくれた、何と有り難く光栄なことだろう。娘の迷いはいっぺんに飛んで無くなる。喜びで頬をほてらせながら、《「ただのたまはせむままに」》と、快諾の返事を伝える。

源氏は前もって家の陰陽師[*①]に占わせて、支障のない日を出発日と決めていたので、今日の出発を急がせる。《「あやしう思ひやりなきやうなれど、思ふさま異なることにてなむ」》――そちらの事情は考えもせず、わけのわからないまま明石まで行かせるのは酷いことと思うだろうが、こんなに急がせるのは、こちらにも特別のわけがあってのことなのだと、娘には言い聞かせる。

なお続けて《みづからもおぼえぬ住ひに結ぼほれたりし例を思ひよそへて、しばし念じたまへ」》と、つらい時もあった自らの明石生活の体験を正直に伝え、決意が翻（ひるがえ）らないようにしばらくの我慢だからと励ます。「結ぼほる」は、心が鬱屈して気が晴れない。明石では入道の娘との恋など気を紛らわすことも多々あったが、いつ帰京できるかわからない不安と望郷の念は、心の奥底を覆って如何ともしがたく、時折それが堪えがたく表に出ることもあって、娘も同じような体験をすることだろうと思いを重ねたのだった。そうしてから事の次第を詳しく娘に話したのである。

この娘は《上の宮仕へ時々せしかば、見たまふをりもありしを》——昔、宣旨であった母に付き従って時折帝に仕えたこともあって、源氏はその姿を見知っていた。あの時と比べると娘は、《いたうおとろへにけり》と、すっかりやつれて見る影もない。家の様子を見遣っても《言ひ知らず荒れまどひて》と、どこがどうというわけではなく、至るところが荒れ果てている。《さすがに大きなる所の、木立などうとましげに》と、昔は大きな邸だったことがわかるものの、庭の木立は手入れをされないまま覆い被さるように茂って昼でも薄気味悪い。娘はこんなところでどうやって暮らしていたのだろうかと思う。

人のさま、若やかにをかしければ、御覧じ放たれず。とかくたはぶれたまひて、「取りかへしつべきここちこそすれ。いかに」とのたまふにつけても、げに同じうは御身近うもつかうまつり馴れば、憂(う)き身もなぐさみなましと、見たてまつる。

「かねてより隔(へだ)てぬ仲(なか)とならはねど

別れは惜しきものにぞありける
したひやせまし」とのたまへば、うち笑ひて、
うちつけの別れを惜しむかことにて
思はむかたにしたひやはせぬ
馴れて聞こゆるを、いたしとおぼす。

しかし、どんなにやつれ落ちぶれて見えても娘の様は若々しくて美しい。源氏は《御覧じ放たれず》——心惹かれるままに娘から目を放すことができない。《とかくたはぶれたまひて》と、娘も源氏のたわむれの行為を付き合い上のことと軽く受け止める。

図に乗った源氏は娘の気持ちを引き寄せてみたくて、《「取りかへしつべきここちこそすれ。いかに」》——いっそ明石などに遣らずに側に置きたい気がするが、どうか、などと冗談口で誘う。「取りかへしつべき」は、明石にと決めていたのをやめて自分の元にいてもらう。娘は即座に《げに同じうは御身近うもつかうまつり馴れば、憂き身もなぐさみなまし》——本当に同じ仕えるのなら側近くで叶えられれば、つらさも慰められるとまじめな調子で応じ、源氏を見つめる。

源氏はそれに応えて《「かねてより隔てぬ仲とならはねど　別れは惜しきものにぞありけるしたひやせまし」》——あなたとは前から親しい仲だったわけではないが、ここで別れるのは名残惜しい、追いかけて行きたい気持ちだ、などと詠んでさらに揺さぶりを掛ける。娘は源氏からの誘いを内心うれしく思ったが、にっこり笑うと《うちつけの別れを惜しむかことにて思はむかたにしたひやはせぬ》——会ったばかりの私に別れが惜しいなどと言うのは口実で、本当は恋しい人を追って行きたいのではと軽妙に返す。

源氏は《馴れて聞こゆるを》と、主人筋から言い掛けられた場合の返歌の仕方をよくぞ心得ていると感じ入り、《いたしとおぼす》と、娘に満足するのだった。「いたし」は、感に堪えずなかなか見事である。源氏の人選は的を射ていたのである。

*①当時、外出、旅立ちに際し陰陽師に吉凶を占わせて日時を定める習慣であった。源氏はかねてから家に出入りの陰陽師に乳母出発の日を占い、決めさせていたのである。

乳母、明石へ

車にてぞ京のほどは行(ゆ)き離れける。いと親しき人さし添へたまひて、ゆめに漏らすまじく、口がためたまひてつかはす。御佩刀(はかし)、さるべきものなど、所狭(せ)きまでおぼしやらぬ隈(くま)なし。乳母(めのと)にも、ありがたうこまやかなる御いたはりのほど浅からず。入道の思ひかしづき思ふらむありさま、思ひやるも、ほほゑまれたまふこと多く、またあはれに心苦しうも、ただこのことの御心にかかるも、浅からぬにこそは。御文にも、おろかにもてなし思ふまじと、かへすがへすいましめたまへり。
いつしかも袖うちかけむをとめ子が
世を経て撫づる岩のおひさき
津の国までは舟にて、それよりあなたは馬にて、急ぎ行き着きぬ。

源氏の期待と信頼を一身に担って、乳母は明石に向かう。《車にてぞ京のほどは行き離れける》と、一行は京を離れるまでは、源氏がわざわざ用意させた車で駆け抜けるようにひた走った。《車にてぞ》の強意の《ぞ》が、乳母に掛けた源氏の思いの強さを伝える。乳母の護衛には源氏の供人の中でも、とくに信頼の置ける者を付ける。

源氏は明石での女児誕生の件を世間には一切伏せているので、乳母にはもちろん同行の者にも《ゆめに漏らすまじく、口がためたまひてつかはす》と、時機が来るまでは他に漏らすことがないよう、きつく念を押した。《ゆめに》は、打ち消しのことばを伴って、決して、少しも～ない。

生まれた姫君のために、源氏が用意をし、持たせたものは《御佩刀、さるべきものなど、所狭きまでおぼしやらぬ隈なし》——守り刀の他に姫君が持っていなければならない品々などが溢れるほどあって、すべて源氏がぬかりなく調えさせたのだった。姫君の養育を任せる大切な乳母にも、《ありがたうこまやかなる御いたはりのほど浅からず》——普通では考えられないほどの、源氏の熱い思いの籠もった数々を贈る。《いたはり》は、ねぎらうこと。心遣い。

それにつけても明石の地では、入道がどんなにか喜びを露わにし、どんなにか姫君を慈しんでいるだろうかと想像する度に、源氏は《ほほゑまれたまふこと多く》と、口元を緩ませる。しかし自身は《またあはれに心苦しうも、ただこのことの御心にかかるも》と、姫君を思ういとおしさに胸が詰まって、平静ではいられなくなるほど気に掛かってならないのだった。語り手がそれも《浅からぬにこそは》――源氏の愛情が深いからであろうと気の利いた一言を加える。

姫君を特別に思う源氏は、その気持ちを女君への手紙にも直にぶつける。《おろかにもてなし思ふまじと、かへすがへすいましめたり》――姫君をいい加減に扱ってはならぬと、あたりまえのことをうるさいほど繰り返し注意をする。手紙には、《いつしかも袖うちかけむをとめ子が世を経て撫づる岩のおひざき》[*①]――一日でも早く私も袖を掛けてみたいものだ。天女が長い年月羽衣の袖で撫でる岩の行く末を祝ってという歌も添えられていた。「袖うちかけむ」は、源氏が姫君に自分の袖を掛ける意と、天女が岩を撫でる意をかける。「をとめ子」は、天女、「岩」は、姫君。

一行は京のはずれで車を降りると、《津の国までは舟にて、それよりあなたは馬にて、急ぎ行き着きぬ》[*②]――舟に乗って淀川を一気に下る。河口の難波に出ればあとは海岸線に沿って、陸路を西の方角に進むだけである。そこから明石までは馬に乗せてひたすら急がせる。一刻も早く乳母を会わせ、姫君には祝いの品々を届けて、源氏の気持ちを伝えたかったのである。

入道待ちとり、よろこびかしこまりきこゆること限りなし。そなたに向きて拝(おが)みきこえて、ありがたき御心ばへを思ふに、いよいよいたはしう、恐ろしきまで思ふ。児(ちご)のいとゆゆしきまでうつくしうおはすること、たぐひなし。げにかしこき御心にかしづききこえむとおぼしたるは、むべなりけると見たてまつるに、あやしき道に出で立ちて、夢のここちしつる嘆きもさめにけり。いとうつくしうらうたうおぼえて、あつかひきこゆ。

子持ちの君も、月ごろものをのみ思ひ沈みて、いとど弱れるここちに、生きたらむともおぼえざりつるを、この御おきての、すこしもの思ひなぐさめらるるにぞ、頭(かしら)もたげて、御使にも二(に)なきさまの心ざしを尽くす。とく参りなむと急ぎ苦しがれば、思ふことどもすこし聞こえ続けて

ひとりして撫づるは袖のほどなきに
覆(おほ)ふばかりの蔭(かげ)をしぞ待つ

と聞こえたり。あやしきまで御心にかかり、ゆかしうおぼさる。

明石では知らせを受けた入道が、《入道待ちとり》と、乳母たちの到着を遅しとばかりに待ち受けていた。やがて乳母たちの華やかな一行が、この地に降り立つのを目にした入道は、

《よろこびかしこまりきこゆること限りなし》と、源氏の計らいに対する感謝と喜びで胸が一杯になる。入道は思わず《そなたに向きて拝みきこえて、ありがたき御心ばへを思ふに》と、源氏のもったいないほどの心配りをただ有り難く受け取るばかりだった。

我が手元のこの赤子を《いよいよいたはしう、恐ろしきまで思ふ》と、これまで以上に大切に世話をしなければなるまいと、身の引き締まる思いである。源氏が自分の言うことを信じて、この子が将来后になるかも知れないと一心に期待していることを思うと、入道は何か恐ろしくて身震いさえ覚えるのだった。

源氏の血を引く赤子は、《いとゆゆしきまでうつくしうおはすること、たぐひなし》と、神隠しに遭わねばいいがと案じられるほど、愛らしい美しさに包まれている。「うつくし」は、子供や若い女性に対する可憐な感情やそのかわいらしさ、美しさを言う。赤子に対面した乳母は、そのただならぬ美しさに触れて、源氏が《げにかしこき御心にかしづききこえむとおぼしたるは、むべなりけると見たてまつるに》——その子に特別な思いを持って、大事に育てようとしているのはもっともなことだと納得する。

乳母は京を出てから、舟やら馬やらを乗り継いでひたすら飛ばし、ついに《あやしき道に出で立ちて》と、こんな辺鄙な片田舎に来てしまった、どうしようと夢でも見ているかのような気持ちで、しばらくは呆然としていた。しかし赤子に会ったらそんな気持ちはいっぺんに消える。そして《いとうつくしうらうたうおぼえて》と、こんなかわいい子のためならと、目の前の赤子の世話に没頭するのだった。

赤子の母親となった《子持ちの君も》――明石の上も《月ごろものをのみ思ひ沈みて》――源氏と別れて以来、何ヶ月も鬱々として日を過ごし、産後も体調を崩していた。将来への不安が募る中で、一人明石で出産するのはきびしかった。産後の肥立ちの良くないことに添えて、《いとど弱れるここちに、生きたらむともおぼえざりつるを》――心の張りもなくなり、生き抜く気力さえ失せていた。

そんな時に乳母たちが到着し、都から源氏の風を運んでくれたのである。若々しい乳母の派遣、姫君への数知れぬ贈り物の山に、明石の上は《御おきて》――源氏の手厚い心配りを感じ少し気持ちも慰められる。心に余裕が生じ、一行をもてなさくてはと気持ちも引き締まる。床に臥していたのが《頭もたげて》、女君としてあれこれ采配を振るう。

乳母に付いて来た使者には、《二なきさまの心ざしを尽くす》と、数々の贈り物、豪華な饗宴などこれ以上ないほどの心を込めたもてなしをした。しかし、使者は《とく参りなむと急ぎ苦しがれば》と、一刻も早く帰りたいと言い出して落ち着かず、入道家の過大なもてなしを迷惑がる。それならばと明石の上は急いで筆を取り、源氏に向かってすこし心の内を書きつづる。その後に《ひとりして撫づるは袖のほどなきに覆ふばかりの蔭をしぞ待つ》[*③]――一人で子を撫でつつ育てるのは力不足なので、あなたの大きな庇護を待つばかりだという歌を添えた手紙を使者に持たせる。

源氏は明石の上からの手紙を読み、《あやしきまで御心にかかり、ゆかしうおぼさる》と、自分でもどうしてなのかわからないけれども、姫君のことがいつも気に掛かって、早く会いたくてたまらなくなるのだった。

＊①「君が代は天の羽衣まれに来て撫づとも尽きぬ巌ならなむ」（『拾遺集』読み人知らず）この歌は天女が三年に一度天下り、四十里立方の岩を羽衣で撫で、撫で尽くして岩が無くなった時を一劫という仏説をふまえている。

＊②摂津の国。今の大阪府と兵庫県の一部を含む。

＊③「大空に覆ふばかりの袖もがな春咲く花を風にまかせじ」（『後撰集』題知らず、読み人知らず）のことばを用い、「撫づる」「袖」は源氏の歌に応じたもの。

もの怨じ

女君には、言にあらはしてをさをさ聞こえたまはぬを、聞きあはせたまふことこそとおぼして、「さこそあなれ。あやしうねぢけたるわざなりや。さもおはせなむと思ふあたりには心もとなくて、思ひのほかにくちをしくなむ。女にてあなれば、いとこそものしけれ。たづね知らでもありぬべきことなれど、さはえ思ひ捨つまじきわざなりけり。呼びにやりて見せたてまつらむ。憎みたまふなよ」と聞こえたまへば、面うちあかみて、「あやしう、つねにかやうなる筋のたまひつくる心のほどこそ、われながらうとましけれ。もの憎みは、いつならふべきにか」と、怨じたまへば、いとよくうち笑みて、「そよ。誰がならはしにかあらむ。思はずにぞ見えたまふや。人の心よりほかなる思ひやりごとして、もの怨じなどしたまふよ。思へば悲し」とて、果て果ては涙ぐみたまふ。年ごろ飽かず恋しと思ひきこえたまひし御心のうちども、をりをりの御文の通ひなどおぼし出づるには、よろづのこと、すさびにこそあれと思ひ消たれたまふ。

源氏はこの度の女児誕生の件を、女君にどう伝えたらいいものか考えていた。これまでは夫婦間に波風を立てたくないので、《言にあらはしてをさをさ聞こえたまはぬ》と、かなり気を遣っていた。「をさをさ～ぬ」は、めったにない。明石の女のことはすでに白状しているので、今あえて口にすることもないだろうと思い、そしらぬ風を装ってきたのである。

だが、《聞きあはせたまふこともこそ》と、このことが世間に漏れて別の筋から女君の耳に入る恐れもあるのではないかと心配し始める。「もこそ」は、将来に対する危惧、懸念を表す。源氏はそんなことになったら、女君がどんなに傷つき思い悩むか充分想像できる。それだけは避けたい。やはり自分の方から切り出さなくてはと意を決し、ある時女君に、明石で子が誕生したことを知らせる。

源氏は《さこそあなれ。あやしうねぢけたるわざなりや》と、他人事のような軽い口調で、明石で姫君が誕生したが、本来ならあり得ない異常な事なのだと、明石の姫君を貶めるような言い方をする。《さもおはせなむと思ふあたりには心もとなくて、思ひのほかにくちをしくなむ》——子が生まれてほしいと願う所は待たされるばかりだし、思ってもみない所で子が誕生してもつまらないだけだ、その上《女にてあなれば、いとこそものしけれ》——女の子だそうでがっかりだ。「ものし」は、不快である。

《たづね知らでもありぬべきことなれど、さはえ思ひ捨つまじきわざなりけり》——だから放っておいてもいいようなものだが、そう無下に見捨てるわけにはいくまいと思っている。何なら赤子をこちらに連れて来させて見せようか。だが《憎みたまふなよ》などと、余計なことばも重ねる。

しかし、聞いている方は黙っていられなくなる。女君が嫉妬すると思って、やたらに気を遣って話されるのが恥ずかしい。《面うちあかみて》と、顔を上気させながら、《「あやしう、つねにかやうなる筋のたまひつくる心のほどこそ、われながらうとましけれ。もの憎みは、いつならふべきにか」》——源氏はやけにこだわって嫉妬のことに言及するが、そんな風に言われなければならない自分の心が我ながら厭になる。一体《もの憎み》など何時教わったのかと言って源氏を恨む。

源氏が女君の顔色を伺い冷や汗をかきつつ、やっと口にした女児誕生の件にも、利発な女君は直接に触れずに答えを返してくれたので、ほっとして思わず笑みをもらす。《「そよ。誰がならはしにかあらむ。」》と、女君のことばを受けて、軽いのりで応じるものの、女君は嫉妬心を心の奥に残したまま、あえて気持ちを切り替えようとしているのではないかと見て、なお続ける。

《思はずにぞ見えたまふや。人の心よりほかなる思ひやりごととして、もの怨じなどしたまふよ。思へば悲し」》——自分が考えもしないことを、こうではないかと勝手に想像して恨まれるのはたまらない。考えると悲しくなると真情を滲ませ、《果て果ては涙ぐみたまふ》と、弱みをさらけ出して困惑ぎみに涙ぐむ。

女君も二人が切り離されて過ごさなければならなかった、つらい年月を思い出す。あの時《飽かず恋しと思ひきこえたまひし御心のうちども、をりをりの御文の通ひなど》——ただもう相手が恋しくてたまらず、そんな胸の内を手紙に書き付けては、互いに思いを確かめ合っていたことが蘇る。

《よろづのこと、すさびにこそあれと思ひ消たれたまふ》と、源氏の身に起こったすべてのことは一時の慰みごとにすぎないのだと、自分に言いきかせる。そして明石の女のことは気に掛けまいとする。あの時の源氏が、自分以外の女と心を分かち合っていたなどとは到底思えないのである。「すさび」は、気の向くままに何かすること。「思ひ消つ」は、無理に忘れようとすること。

「この人を、かうまで思ひやり言とふは、なほ思ふやうのはべるぞ。まだきに聞こえば、またひが心得たまふべければ」とのたまひさして、「人がらのをかしかりしも、

所からにや、めづらしうおぼえきかし」など語りきこえたまふ。あはれなりし夕(ゆふべ)の煙(けぶり)、言ひしことなど、まほならねどその夜の容貌(かたち)ほの見し、琴(こと)の音(ね)のなまめきたりしも、すべて御心とまれるさまにのたまひ出づるにも、われはまたなくこそ悲しと思ひ嘆きしか、すさびにても心を分けたまひけむよ、と、ただならず思ひ続けたまひて、「われはわれ」と、うちそむきながめて、「あはれなりし世のありさまかな」と、独(ひとり)言(ごと)のやうにうち嘆きて、

思ふどちなびくかたにはあらずとも
われぞ煙(けぶり)にさきだちなまし

源氏は女君の穏やかな様子を見て、明石の女についてはもうこだわってはいないのだと勝手に思い込む。好い気になって再び明石の女のことを口にする。自分がその人のことを必要以上に気に掛けて手紙をやったりするのはわけがあるのだが、今それを打ち明けても誤解されそうなので、と言いさしてお茶を濁す。

だが、女君には隔てなく何でも話す源氏は、明石の女について大事なことを何も語ってないような気がして、女君への配慮も忘れつい、《「人がらのをかしかりしも、所からにや、めづらしうおぼえきかし」》と、あんな所の女でも人柄に惹かれるものがあったなどと、言ってはならない褒め言葉を心を込めて口にしてしまう。源氏の口は止めようにも止まらない。

《あはれなりし夕の煙、言ひしことなど、まほならねどその夜の容貌ほの見し、琴の音のなまめきたりしも》と、逢瀬の時に心惹かれた場面を具体的に挙げる。明石の夕べの空に白くたなびく塩焼きの煙がしみじみと心に沁みて、その情景を詠んだ別れの歌にすかさず女の返歌があったこと、その夜、はっきりではないが女の顔をほの見たこと、琴の音がしっとりと気品があったことなどを語ったのである。

　聞いている女君の方はたまらない。源氏への不信感がずんずん募り、心が沈んでいくのをどうしようもない。源氏と別れて暮らしていた時、自分は《またなくこそ悲しと思ひ嘆きしか》と、絶望にうちひしがれてただもう悲しい日々を送っていたのに、源氏は《すさびにても心を分けたまひけむよ》――たとえ一時のなぐさめにしても他の女に心を分けていたのだ、何という裏切り行為であろうか。女君は《ただならず思ひ続けたまひて》と、心が乱れて普通ではいられない。源氏が女に本気で惹かれているのが伝わるだけに、胸奥に押し込んだ嫉妬心が吹き出そうになるのを押さえかね、あれこれと恨み言が浮かび、不信感とないまぜになって女君の心を襲う。

　しかし、賢くかつ鋭い美意識の持ち主である女君は、それをそのまま露わにぶつけるのを許さない。理性が自ずと働き、吹き荒れようとしていた心を収める。《「われはわれ」》[*①]と言って背を向けるとじっともの思いにふける。《「あはれなりし世のありさまかな」》と、昔は私たちも心の通い合う理想的な仲だったのにと、恨みがましくつぶやいていため息をつく。その上で《思ふどちなびくかたにはあらずともわれぞ煙にさきだちなまし》[*②]と詠んで、強烈な一撃を浴びせる。

歌は、思い合う二人のなびく煙の方角とは違った方に、私も煙になって先に死んでしまいたいという意。「思ふどち」は、思い合う二人、源氏と明石を指す。「さきだつ」は、先に死ぬ。かつて明石の女と別れる時に贈ったと聞く「このたびは立ち別るとも藻塩焼く煙はおなじかたになびかむ」という源氏の歌を踏まえる。が、女君はこの歌を見逃さず許さない。この歌を引っ張り出し正面に据えて、妻である自分は源氏にとって何なのかを問いただす。そうすることで自分を守り、源氏の不実を容赦なく攻めたのである。

「何とか。心憂（う）や。

**　誰により世をうみやまに行（ゆ）きめぐり**
**　　絶えぬ涙に浮き沈む身ぞ**

いでや、いかでか見えたてまつらむ。命こそかなひがたかべいものなめれ。はかなきことにて人に心おかれじと思ふも、ただ一つゆゑぞや」とて、箏（さう）の御琴（こと）引き寄せて、掻き合わせすさびたまひて、そそのかしきこえたまへど、かのすぐれたりけむもねたきにや、手も触れたまはず。いとおほどかにうつくしう、たをやぎたまへるものから、さすがに執念（しふね）きところつきて、もの怨（ゑ）じしたまへるが、なかなか愛敬（あいぎやう）づきて腹立ちなしたまふを、をかしう見どころありとおぼす。

源氏は女君の強烈な歌に虚を突かれ、《何とか。心憂や》と驚きのことばを発してうろたえる。すぐさま《誰により世をうみやまに行きめぐり絶えぬ涙に浮き沈む身ぞ》という歌を詠んで女君に応える。「誰により」は、誰のために。「行きめぐり」は、さすらう。「世をう」と「うみ」が憂の掛詞。「浮き沈み」は、「うみ」の縁語。

しかし、この歌は技巧をきかせてはいるが、女君の気持ちに噛み合うことばは何一つない。女君の矛先をかわすために、自分は誰のために異郷をさまよい涙してきたかと、恩着せがましい物言いで自己弁護につとめるのが精一杯である。

弁明のことばは、《いでや、いかでか見えたてまつらむ。命こそかなひがたかべいものなめれ。はかなきことにて人に心おかれじと思ふも、ただ一つゆゑぞや》と続く。「心おかれじ」は、心を残すまい、恨まれまい。女君には何としても自分の気持ちをわかってほしい、だが寿命は思うようにはならないので、つまらないことで他人から恨まれたくないのだ、あなたのために長生きしたいから。《ただ一つゆゑぞや》ということばに籠めた女君への特別な思いは真実に相違ないにしても、源氏の論理は飛躍しすぎて単なるこじつけのようにも思われる。

源氏は夫婦としての一体感を取り戻したくて、音楽の世界に女君を誘う。《箏の御琴掻き合わせすさびたまひて、そそのかしきこえたまへど》と、箏の琴を引き寄せ、調弦しながらさりげなくかき鳴らして女君にすすめる。

しかしその何気ない誘いは、明石の女の存在に深く傷ついている女君の気持ちをさらに刺激する。源氏は《手も触れたまはず》という、女君の拒否の姿勢を《かのすぐれたりけむもねたきにや》と推測する。明石の女は琴が上手だと知って憎らしいと思っているのだろうか、女君は明石の女に張り合って嫉妬心を起こしていると思っているようだ。だが、源氏が少しでも傷ついた女君の心を慮り、寄り添おうとしていれば話題にも配慮して気を遣い、迂闊に琴の演奏に誘ったりはしないに違いない。

源氏は女君の人となりをあらためて見直す。普段は《いとおほどかにうつくしう、たをやぎたまへるものから》と、本当に女らしくて魅力に満ちた人なのだが、芯には《さすがに執念きところつきて、もの怨じしたまへる》ところがあるのを知ったのである。それは女君が女君であるゆえの、「われはわれ」と開き直れる自我というべきものであろう。「しふねし」は、執着心が強い、しつこい。

源氏はそれをしつこい嫉妬心と取り、《なかなか愛敬づきて腹立ちなしたまふ》と、女君は嫉妬をし腹を立てることでかえって魅力的となり心惹かれる。そして結局は《をかしう見どころあり》と、大人の女に成長したことがうれしいのだ。源氏はつい保護者の目線でも見てしまうのだった。「見どころ」は、将来の望み、先の見込み。

＊①「君は君我は我とて隔てねば心々にあらむものかは」（『和泉式部日記』）がある。

＊②別れの時源氏が明石の女へ贈った歌「このたびは立ち別るとも藻塩焼く煙は同じかたになびかむ」に応じたもの。

五十日の祝い

五月五日にぞ、五十日(いか)には当るらむと、人知れず数(かぞ)へたまひて、ゆかしうあはれにおぼしやる。何ごとも、いかにかひあるさまにもてなし、うれしからまし、くちをしのわざや、さる所にしも、心苦しきさまにて、出で来たるよ、とおぼす。男君ならましかば、かうしも御心にかけたまふまじきを、かたじけなういとほしう、わが御宿世(すくせ)もこの御ことにつけてぞかたほなりけりとおぼさるる。御使出だし立てたまふ。「かならずその日違(たが)へずまかり着け」とのたまへば、五日に行(い)き着きぬ。おぼしやることも、ありがたうめでたきさまにて、まめまめしき御とぶらひもあり。

海松(うみまつ)や時ぞともなき蔭(かげ)にゐて
　何のあやめもいかにわくらむ

心のあくがるるまでなむ。なほかくてはえ過ぐすまじきを、思ひ立ちたまひね。さりとも、うしろめたきことは、よも。

と、書いたまへり。入道、例の、よろこび泣きしてゐたり。かかるをりは、生けるかひもつくり出でたる、ことわりなりと見ゆ。

源氏はどんな時でも明石で育つ姫君のことが頭から離れることはない。そんな源氏は今、まもなくやってくる五十日の祝いのことで頭が一杯である。五十の祝いとは子供が生まれて五十日目に餅をついて子供の口に含ませる儀式のこと、当時誕生祝いとしては最も大切な行事とされ、大勢の人々を招き盛大な祝宴が張られたという。

源氏は姫君が生まれたのが三月十六日だから、五十日目は五月五日の端午の節句の日に当たると、密かに数え上げていた。それにしても《ゆかしうあはれにおぼしやる》と、姫君の様子を知りたいものだ、どんなに愛らしく育っているだろうかと、明石で生まれた姫の数奇な運命に思いを馳せざるを得ない。

もし姫が普通にこの都で生まれていたら、《何ごとも、いかにかひあるさまにもてなし、うれしからまし》と、どんなことをするにも心ゆくまで世話をしてあげられる、それがどんなにうれしいことかと思う。だが残念なことに姫君は、《さる所にしも、心苦しきさまにて、出で来たるよ》と嘆く。《さる所》に添えられた《しも》という強意のことばに、あんな所といった意で、当時に共通する地方蔑視の考え方をのぞかせる。

明石では入道がいかに潤沢な暮らしを営み、その中で源氏の子である姫君が、いかに大事に育てられているか、源氏は充分承知している。にもかかわらず明石での誕生は《心苦しきさまにて、出で来たるよ》と、決定的な負い目ともなるべき不憫な境遇なのだ。

語り手は、源氏が子の姫君であることにあまりにもこだわりをみせるので、《男君ならましかば、かうしも御心にかけたまふまじきを》と、一言皮肉る。生まれた子が男の子だったらそのような熱い気持ちにはならなかっただろうと断言する。

将来入内して妃となる道も開ける女の子であればこそ、自分の運命をそこに賭けて試すこともできる。そう考えればこの度の明石での姫君誕生は、《かたじけなういとほしう》と、二つの面があると思う。自分にとっては勿体ないほどの幸運な機会であるし、姫にとっては身に疵を負うほどの気の毒なことになるということである。

《わが御宿世もこの御ことにつけてぞかたほなりけりとおぼさるる》と、これまで帝の子として順風満帆に人生を歩んできた自分が、須磨、明石にまでさすらって人生に欠けた部分ができてしまったのは、入内を予言された姫君が明石で誕生するためだったのだとしみじみと思う。「かたほ」は、物事が不完全不十分なさま。源氏は自分の運命の必然として明石での姫君誕生を受け入れる。

そして明石に向けて使者を差し向ける。使者には《「かならずその日違へずまかり着け」》と、五月五日明石必着を厳命する。使者は何日もかかる遠い道のりを、命に背くまいとひたすら急ぎ、五日きっちりに明石に辿り着く。

使者が携えた源氏の《おぼしやることとも、ありがたうめでたきさまにて》――気遣いに満ちた数々の命令のことばは、明石の人々にとってこの上なく有り難いものだったたし、祝いの品々の中には、《まめまめしき御とぶらひも》――日常の暮らしに欠かせない実用品の贈り物まであった。

また、女君への手紙には《海松や時ぞともなき蔭にゐて何のあやめもいかにわくらむ》――

姫君が常に目立つこともない海辺の松の蔭などにじっとしていては、今日が五十日の祝いの日で菖蒲の節句の日だということもどうしてわかるだろうか、早く都に来なければと上京を促す気持ちが詠み込まれていた。「海松」は、海藻のみるのこと。姫君を指す。「海松」を松にとりなし、「時ぞともなき蔭」を言い出す。「時ぞともなき蔭」は、時の巡りもわからない物陰。「あやめ」は、文目（けじめ）と菖蒲を掛ける。「いかに」は、五十日を掛ける。

さらに後書きには《心のあくがるるまでなむ。なほかくてはえ過ぐすまじきを、思ひ立ちたまひね。さりとも、うしろめたきことは、よも》と、短い語句の端々に、明石の母子に寄せる居ても立ってもいられない源氏の気持ちが痛いほど込められていた。「あくがる」は、魂が身から離れてさまようこと。心が浮いて飛んで行きたいほどだ。姫のことが気になってこれまで通りには過ごせない、早く上京を決心せよ。心配なことなど何もないからと急き立てる。

入道は使者のもたらしてくれたこうした源氏の行き届いた厚意の数々に、《例の、よろこび泣きしてゐたり》と、いつものように感激のあまり、身を震わせてしばしその場にへたりこむ。そんな入道を語り手は《かかるをりは、生けるかひもつくり出でたる、ことわりなりと見ゆ》――生きているかひもあったと泣きべそをかくのももっともだとからかう。「生けるかひ（効）」に「かひ（貝）をつくる」――口をへの字にして泣き顔をつくる――を掛ける。

ここにも、よろづ所狭き（せ）まで思ひ設けたりけれど、この御使なくは、闇の夜（よ）にて

こそ暮れぬべかりけれ。乳母（めのと）も、この女君のあはれに思ふやうなるをかたらひ人にて、世のなぐさめにしけり。をさをさ劣らぬ人も、類（るい）に触れて迎へ取りてあらすれど、こよなくおとろへたる宮仕へ人などの、巌（いはほ）の中（なか）たづぬるが落ちとまれるなどこそあれ、これは、こよなうこめき思ひあがれり。聞きどころある世の物語などして、大臣（おとど）の君の御ありさま、世にかしづかれたまへる御おぼえのほども、女ごこちにまかせて限りなく語り尽くせば、げに、かくおぼし出づばかりの名残（なごり）とどめたる身も、いとたけくやうやう思ひなりけり。御文ももろともに見て、心のうちに、あはれ、かうこそ思ひのほかにめでたき宿世（すくせ）はありけれ、憂きものはわが身こそありけれ、と、思ひ続けらるれど、「乳母（めのと）のことはいかに」など、こまかにとぶらはせたまへるもかたじけなく、何ごともなぐさめけり。

もちろん《ここにも、よろづ所狭きまで思ひ設けたりけれど》と、ここ明石でも、入道が孫娘に当たる姫君誕生の祝いをおろそかにするわけはなく、入道の邸は祝いの品々で溢れかえっていたし、五十日の祝いの膳の用意はすっかり整えられていたのである。

そこへ滑り込むように源氏の使者が到着する。様々な祝いの品々と共に、この使者が入道家の人々にもたらしたものは計り知れないものがあった。それを語り手が《この御使なくは、闇*①の夜にてこそ暮れぬべかりけれ》と、切り取る。使者がいなかったら、闇夜で錦を見るごとく、砂をかむような味気ない気持ちのまま、日も暮れてしまうところだったと言う。

ところで、先に源氏の意向を受けて明石に下向し、今は姫君の世話を任されている、あの都人の乳母はどうしているだろうか。どうやら乳母は《この女君のあはれに思ふやうなるをかたらひ人にて、世のなぐさみにしけり》と、それなりに入道家にも馴染んでいるようである。姫君の母である女君が心優しく、すべてにわたって心の行き届いた人なので、どんな時も乳母の話相手となり、田舎住まいが侘しくてならない乳母の心を慰めてくれるからだった。

他に入道家には、乳母に決して身分の劣らない女房たちもいた。その人たちは昔、女君を都風に育てるために、入道の妻が《類に触れて迎へ取りてあらすれど》——親戚筋を頼っては京から連れて来た若くて美しい都人たちだった。それが今は昔日の面影なく《こよなくおとろへたる宮仕へ人などの、巌[*2]の中たづぬるが落ちとまれるなどこそあれ》と、無残な有様をさらしている。すっかり老い朽ちた宮仕えの女房たちが山の中にでも隠れ住もうとして、たまたまここに住み着いているといった風なのだ。

だが、この乳母は《こよなうこめき思ひあがれり》と、たいそうおっとりして育ちの良さが身に備わり、上流貴族としての生まれ育ちを誇りに思う気概を持ち続けている人だった。乳母は女君に《聞きどころある世の物語などして》と、宮中の噂話から聞く価値のありそうな面白い話を語って聞かせる。中でも話が源氏の様子、その名声の並外れた高さなどに及ぶと、《女ごこちにまかせて限りなく語り尽くせば》と、源氏びいきが高じて、乳母の話は際限もなく膨らんだ。

目を輝かせて語る乳母の真実性を帯びたことばに、母君は心動かされる。《げに、かくおぼし出づばかりの名残とどめる身も、いとたけくやうやう思ひなりけり》と、そのように誰もが賞賛する素晴らしい源氏が、これほど大切に扱うべき格別な人として心に刻んでいる、姫君を生んだ自分もたいした者なのだと、しだいに思うようになる。「たけし」は、たいした勢いがある。女君は、源氏から届いた文を、唯一の都人として信頼する乳母と一緒に見る。そこには源氏の愛情溢れることばが美しく凝縮されていた。

乳母は心の中で《心のうちに、あはれ、かうこそ思ひのほかにめでたき宿世はありけれ》と、女君の引き当てた、この世にあり得ないような素晴らしい幸運に感嘆し、羨望の目を向ける。それに比べると同じ源氏の縁とは言え、明石にまで来て乳母になるとは。《憂きものはわが身こそありけれ》などと、不運な巡り合わせしかなかったこれまでのことを思い返していると、《「乳母のことはいかに」》と、自分を名指した源氏のことばが目に飛び込む。乳母は喜びで胸を熱くする。《こまかにとぶらはせたまへるもかたじけなく、何ごともなぐさめけり》と、源氏が自分のことを案じてくれるというその気持ちを思っただけで有り難く、自らの不運に滅入っていた気持ちもどこかへ消え去ってしまうほどだった。

御返りには、

数ならぬみ島がくれに鳴く鶴(たづ)を

けふもいかにととふ人ぞなき

よろづに思うたまへむすぼほるるありさまを、かくたまさかの御なぐさめにかけはべる命のほども、はかなくなむ。げに後（うしろ）やすく思うたまへ置くわざもがな。

と、まめやかに聞こえたり。うち返し見たまひつつ、「あはれ」と長やかにひとりごちたまふを、女君、後目（しりめ）に見おこせて、「浦よりをちに漕（こ）ぐ舟の」と、忍びやかにひとりごちながめたまふを、「まことは、かくまでとりなしたまふよ。こは、ただかばかりのあはれぞや。所のさまなどうち思ひやる時々、来（き）しかたのこと忘れがたき独（ひとり）言（ごと）を、ようこそ聞き過ぐいたまはね」など、うらみきこえたまひて、上包（うはづつみ）ばかりを見せたてまつらせたまふ。手などのいとゆゑづきて、やむごとなき人苦しげなるを、かかればなめりとおぼす。

源氏に届いた女君の返歌は、《数ならぬみ島がくれに鳴く鶴をけふもいかにととふ人ぞなき》――人数にも入らない私の元で育つ姫を五十日の祝いの今日もどうしているかと尋ねてくれる人はいなかった――とあって、源氏の庇護を訴える姫君の立場から詠まれ、源氏の歌にぴったり寄り添っていた。さらに後書きで、《よろづに思ふたまへむすぼほるるありさまを、かくたまさかの御なぐさめにかけはべる命のほども、はかなくなむ。げに後やすく思うたまへ置くわざもがな》と、女君の立場から、このまま放っておかれる不安を強く訴えたのだった。

「思ひむすぼほるる」は、気持ちが塞ぐ、晴れない。「後やすし」は、先が安心である。

先の見通しもない中でいろいろと思い巡らせていても気が滅入るばかりだ、時たま届く手紙は生きる支えとなっているものの、当てにはできない、本当に姫君のことで心配することがないように取り計らってほしいと、緊急性を帯びて叫びにも似た訴えが書かれてあった。

源氏は《うち返し見たまひつつ》と、何度も何度も手紙を読み返しては思わず知らず《あはれ》――《長やかにひとりごちたまふ》と、ひとり長いため息をつく。「ひとりごつ」は、ひとりでつぶやく。明石の母子を一刻も早く都へと引き取り、姫君の教育も始めなくてはなどと焦る気持ちで一杯になるが、一体どんな方策があるというのかと、様々な思いが胸に渦巻く。

傍らでその長いため息を耳にしてしまった女君は、《後目に見おこせて》――手紙を手にしたままの源氏の様子を横目でちらりと見やりながら、《「浦よりをちに漕ぐ舟の」[*③]》と、そっとつぶやく。そしてわたしはのけ者にされたと、孤独な立場を託つかのようにもの思いに沈む。だが源氏の方は、色恋などではなく明石母子の処遇について真剣に悩んでいたので、女君の当てつけたような振る舞いが気に障る。《まことは、かくまでとりなしたまふよ》――そこまでひがむのかと呆れ、《こは、ただかばかりのあはれぞや》――あれはただその場で感じたことにすぎないのだと弁明する。

《所のさまなどうち思ひやる時々、来しかたのこと忘れがたき独言を》――明石の風景を思い出したりする時や、昔の忘れられないことを思ったりする時は、つい独言をもらしてしまうものだ、などといいわけを続けるが、参ったという感じで《ようこそ聞き過ぐいたまはね》と褒めあげて、女君の敏感な反応に感心するのが一番である。「ようこそ」は、よくこその音便。「聞き過ぐ」は聞き逃す。「ね」は、否定のことば。

源氏はため息を聞き咎められたことを恨みつつ、隠し立てをしているわけではないことを示すかのように手紙の上包みだけを見せる。そこに書かれた宛名の字をさっと見た女君は、《手などのいとゆゑづきて、やむごとなき人苦しげなるを》と、教養の高く決して侮ることのできない優れた女性の存在を感じ取る。筆跡には一流の名門の人らしいところが身に付いた堂々たる趣が感じられ、身分の高い女も引いてしまうにちがいないと思われる。女君は《かかればなめり》と、これだから源氏が惹かれてしまうのだろうと納得もいくのだった。

＊①「見る人もなくて散りぬる奥山の紅葉は夜の錦なりけり」（『古今集』紀貫之）という歌があり、何の見栄えもしないことを言う。「富貴にして故郷に帰らざるは、錦を衣て夜行くがごとし」（『史記』項羽本紀）の故事による。

＊②「いかならむ巌の中に住まばかは世の憂きことの聞こえこざらむ」（『古今集』読み人知らず）による。

＊③「み熊野の浦よりをちに漕ぐ舟の我をばよそに隔てぬるかな」（『古今六帖』伊勢。『伊勢集』）下の句「我をばよそに隔てぬるかな」に私はのけ者なのかという意を含ませる。

水鶏鳴く花散里

かく、この御心とりたまふほどに、花散里を離(か)れ果てたまひぬるこそ、いとほしけれ。公事(おほやけごと)も繁く、所狭(せ)き御身に、おぼし憚(はばか)るに添へても、めづらしく御目おどろくことのなきほど、思ひしづめたまふなめり。五月雨(さみだれ)つれづれなるころ、公私(おほやけわたくし)もの静かなるに、おぼしおこしてわたりたまへり。よそながらも、明け暮れにつけて、よろづにおぼしやりとぶらひきこえたまふを頼みにて、過ぐいたまふ所なれば、今めかしう心にくきさまに、そばみうらみたまふべきならねば、心やすげなり。年ごろにいよいよ荒れまさり、すごげにておはす。

《かく、この御心とりたまふほどに、花散里を離れ果てたまひぬるこそ、いとほしけれ》と、語り手は源氏に向かい、女君ばかりを相手にして、花散里の所などにはすっかり通わなくなってしまうというのも、気の毒な話ではないかと苦言を呈する。「離る」は、通いが途絶える。「離れ果つ」は、「花散る」の縁語「枯れ果つ」を掛ける。

　もちろん、源氏は花散里のことを全く忘れてしまったわけでなく、状況の変化による源氏なりの言い分があった。《公事も繁く》と、新たに内大臣となった源氏は、煩雑な公務をこなさなければならず、《所狭き御身に、おぼし憚るに》と、身分が高い人ほど外出などに大勢が付いて来るので、うかうかと忍び歩きもできず、世間を憚って身を慎まざるを得なくなるといったことである。

それに加えて花散里の方からも、《めづらしく御目おどろくことのなきこと、思ひしづめたまふなめり》と、源氏の心をつかんで離さないような目新しいことは何も言ってこないので、そういう時は無事平穏に暮らしているのだろうと安心できた。花散里邸のことは気には止めるが、様子見の所とせざるを得なかった。

やがて、《五月雨のつれづれなるころ》を迎える。しっとりと降り続く梅雨の雨に降り込められて何をする気も起こらない。源氏の周辺からも人の動きが消え、あたりは物静かな気配に包まれる。珍しく空きのできた源氏はようやく花散里を思い起こし、久々に足を向ける。もっともそこは《よそながらも》*①——自身が直接邸へ足を運ばなくても、繁がっている所だった。《明け暮れにつけて、よろづにおぼしやりとぶらひきこえたまふを頼みにて、過ぐひたまふ所なれば》と、花散里は、毎日の暮らしに欠かせない生活物資を届けたり、何かと援助を続けている源氏の厚意を当てにして、日々を過ごしていたからである。

普通、女の所へ行けば、《今めかしう心にくきさまに、そばみうらみたまふべき》といった、いかにもわざとらしいご機嫌取りに付き合わされるのだが、あそこはそうしためんどうな目に合わずにすむ。源氏としては気を遣わずに《心やすげ》な所になっているようだ。しかし源氏の援助も邸の修理まで及ばず、《年ごろいよいよ荒れまさり、すごげにておはす》と、邸はここ数年荒廃が一段と進み、余りのものさびしさが骨身に応えそうだ。「すごげ」は、ぞっとするほど寂しい様。

女御の君に御物語聞こえたまひて、西の妻戸に夜ふかして立ち寄りたまへり。月おぼろにさし入りて、いとど艶なる御ふるまひ、尽きもせず見えたまふ。いとどつつましけれど、端近ううちながめたまひけるさまながら、のどやかにてものしたまふけはひ、いとめやすし。水鶏のいと近う鳴きたるを、

水鶏だにおどろかさずはいかにして
荒れたる宿に月を入れまし

いとなつかしう言ひ消ちたまへるぞ、とりどりに捨てがたき世かな、かかるこそ、なかなか身も苦しけれ、とおぼす。

源氏は姉の麗景殿の女御と世間話などを交わしてから、夜の更けるのを待って、花散里の住む西の妻戸に立ち寄る。《月おぼろにさし入りて、いとど艶なる御ふるまひ、尽きもせず見えたまふ》――雨もやみ雲間より朧に差し込む月の光に照らされて、ほのかに蔭を帯び一層魅力を引き立たせている源氏の立ち居振る舞いは、たとえようもなく美しい。「艶」は、魅力があって人の気持ちを引く様。花散里は、そのあまりの美しさに見とれて《いとどつつましけれど》と、思わず身を引きそうになる。

が、しかし、《端近うちながめたまひけるさまながら》と、部屋の端近くに出て、外を眺めるともなく眺めているという格好で、《のどやかにて》源氏を迎える。そのゆったりと落ち着いた様に源氏は、《いとめやすし》と好感を持つ。「めやすし」は、見た目に感じがよい。

すぐ近くでコツコツという水鶏[*②]の鳴き声がする。花散里は逃さず、《水鶏だにおどろかさずはいかにして荒れたる宿に月を入れまし》と、挨拶代わりに詠みかける。「月」は、源氏のこと。「おどろかす」は、はっと気づかせる。水鶏でも戸をたたいてくれなかったら、誰がこんな荒れた宿に月なぞ迎えられようかと、長い間の無沙汰を恨む気持ちは脇に置いて、今宵訪ねてくれたことを歓迎する。

源氏は《いとなつかしう言ひ消ちたまへるぞ》と、花散里の詠み口はとても親しみが籠もって優しいのに、言いたいことは口に出さずに自制を利かせている。そこが素敵なところではないかと思う。「言ひ消つ」は、口にすることを控える。それにしても《とりどりに捨てがたき世かな》と、女たちはそれぞれに心惹かれるものを持っているものだとつぶやき、《かかるこそ、なかなか身も苦しけれ》――それだからかえって、苦労も多いとぼやく。

「おしなべてたたく水鶏（くひな）におどろかば
うはの空なる月もこそ入れ

うしろめたう」とは、なほ言(こと)に聞こえたまへど、あだあだしき筋など、うたがはしき御心ばへにはあらず。年ごろ待ち過ぐしきこえたまへるも、さらにおろかにはおぼされざりけり。「空なながめそ」と、頼めきこえたまひしをりのことも、のたまひ出でて、「などて、たぐひあらじと、いみじうものを思ひ沈みけむ。憂(う)き身からは、同じ嘆かしさにこそ」とのたまへるも、おいらかにらうたげなり。例の、いづこの御言(こと)の葉にかあらむ、尽きせずぞかたらひなぐさめきこえたまふ。

　そして《「おしなべてたたく水鶏におどろかばうはの空なる月もこそ入れ　うしろめたう」》と、花散里の人柄にはふさわしくないが、どの家の戸もたたく水鶏の鳴き声に戸を開けていたら、いい加減な男も入って来るではないか心配だ、などと《なほ言に聞こえたまへど》と、女の移り気をなじる歌を返す。

　言うまでもなく花散里については《あだあだしき筋など、うたがはしき御心ばへにはあらず》と、多情な女だと疑われるようなところは皆無の人だ。それどころか花散里は、《年ごろ待ち過ぐしきこえたまへるも、さらにおろかにはおぼされざりけり》と、長い間ひたすら自分の帰りを待ち続けてくれた女である。源氏はその一途な気持ちを決しておろそかにはすまいと思っている。

　源氏は須磨に行く前に花散里に会い、その時詠んだ歌のことを口にする。花散里があまりにも悲しんでいたので、源氏は「ゆきめぐりつひにすむべき月かげのしばし曇らむ空なながめそ」と慰めの歌を返して去ったのだった。《「空なながめそ」と、頼めきこえたまひしをりのことも》と、須磨行きをあまり苦にして悲しまないように、帰って来たら共に暮らすこともあるかもしれないなどと、当てにさせるようなことを匂わせたが、沈みがちな気持ちをいたわり励ますつもりだったと言う。「すむ」に澄むと住むを掛ける。

花散里は《「などて、たぐひあらじと、いみじうものを思ひ沈みけむ。憂き身からは、同じ嘆かしさにこそ」》——どうしてあの時はこんなに悲しいことはないと嘆いてばかりいたのか、帰京しながら今までずっと放って置かれたのも同じくらいつらかったのにと、嫌みにも聞こえずさりげなく言ってのける様が《おいらかにらうたげなり》と、源氏の目に可愛らしく映る。

源氏はいつものように、どこからことばがするする出てくるのか、《尽きせずぞかたらひなぐさめきこえたまふ》と、花散里を慰め喜ばせたくて優しいことばの限りを尽くして語らうのだった。

かやうのついでにも、かの五節（ごせち）をおぼし忘れず。また見てしがなと心にかけたまへれど、いとかたきことにて、えまぎれたまはず。女、もの思ひ絶えぬを、親はよろづに思ひ言ふこともあれど、世に経（へ）むことを思ひ絶えたり。心やすき殿造（とのづく）りしては、かやうの人つどへても、思ふさまにかしづきたまふべき人も出でものしたまはば、さ

る人の後見（うしろみ）にもとおぼす。かの院のつくりざま、なかなか見どころ多く、今めいたり。よしある受領（ずらう）などを選（え）りて、あてあてにもよほしたまふ。尚侍（ないしのかむ）の君、なほえ思ひ放ちきこえたまはず。こりずまに立ちかへり、御心ばへもあれど、女は憂（う）きに懲（こ）りたまひて、昔のやうにもあひしらへきこえたまはず。なかなか所狭（せ）う、さうざうしう、世の中おぼさる。

花散里のことを思えば、なぜか五節*③のことが必ず心に浮かぶ。源氏は五節に対しては《また見てしがなと心にかけたまへれど、いとかたきことにて、えまぎれたまはず》と、かなりの未練があった。もう一度会ってみたいと思っていつも気にかけていたのだが、そんな都合の良い機会などあるものではない。そのうちに源氏も体面を気にする窮屈な身分になって、人目を忍んで逢うことなど到底できなくなってしまったのである。「まぎる」は、他のものに隠れてこっそり～する。

五節の方は《女、もの思ひ絶えぬを、親はよろづに思ひ言ふこともあれど、世に経むことを思ひ絶えたり》と、源氏への思いを立て通していた。親が縁談を持ちかけても見向きもせず、人並みの結婚生活を送ることはさっぱりとあきらめていた。「世に経る」は、男女の情を解する、結婚をすること。

こうしてひっそりと暮らす女たちを思うにつけ、《心やすき殿造りしては、かやうの人つどへても、思ふさまにかしづきたまふべき人も出でものしたまはば、さる人の後見にもと》と、気を遣わずにくつろげる邸を作って、そこに花散里や五節たちを住まわせ、大切に育てなければならない子が生まれたら、その子の世話役をしてもらったりするのはどうだろうかなどと、考えていたのである。

実は現在改築中の邸があって、話は具体性を帯びる。それは他でもない、二条院の別邸として手を加えている東院である。本邸と違って《なかなか見どころ多く、今めいたり》と、見応えある凝った造りが方々に見られ、流行をふんだんに取り入れたりして、斬新な趣がある。源氏は《よしある受領などを選りて、あてあてにもよほしたまふ》――教養の身に備わっていそうな受領を選んで、それぞれに分担させて工事を急がせる。「もよほす」は、急き立てる。「あてあて」は割り当て。

もう一人、源氏には強烈な存在感を放って忘れられない女がいた。その人、尚侍の君を切なく思い出す。《なほえ思ひ放ちきこえたまはず》と、年月がたっても未だに思いを断ち切れず、冷めた気持ちにはなれない。「思ひ放つ」は、無関係だという気持ちになる。源氏は迷わず行動を起こす。《こりずまに立ちかへり、御心ばえもあれど》と、こりもせず昔と同じように相手はきっと振り向くと確信して、熱烈な気持ちを伝える。「こりずま」は、懲りずに。

しかし女の方は《憂きに懲りたまひて、昔のやうにもあひしらへきこえたまはず》と、あのつらい出来事に懲りて、もう振り向く気などなかった。「あひしらふ」は、調子を合わせて相手をすること。

図らずも尚侍の君には見事に振られ、源氏は意気消沈する。そして《なかなか所狭う、さうざうしう、世の中おぼさる》と、昔のように強引に逢瀬の機会を作っては、思いをぶつけていくことなどとてもできない身の窮屈さを思い、何か体の中を風が吹き抜けていくような淋しさをかみしめるのだった。

＊①拙著『原文からひろがる源氏物語』須磨巻四十三ページ～四十四ページ参照。

＊②水辺にすむ水鳥。初夏に盛んに鳴き、その声が人の戸をたたくのに似るので、鳴き声を「叩く」と言い慣わしていた。

＊③花散里の巻で「まづおぼし出づ」とあり、須磨の巻で、筑紫から上京の途中、源氏と歌を交わしている。

公の顔

院はのどやかにおぼしなりて、時々につけて、をかしき御遊びなど、好ましげにておはします。女御（にょうご）、更衣（かうい）、みな例のごとさぶらひたまへど、春宮（とうぐう）の御母女御のみぞ、とり立てて時めきたまふこともなく、尚（かむ）侍の君の御おぼえにおし消たれたまへりしを、かくひきかへめでたき御幸（さひは）ひにて、離れ出でて宮に添ひたてまつりたまへる。この大臣（おとど）の御宿直所（とのゐどころ）は、昔の淑景舎（しげいさ）なり。梨壺（なしつぼ）に春宮はおはしませば、近隣（ちかどなり）の御心

寄せに、何ごとも聞こえ通ひて、宮をも後見（うしろみ）たてまつりたまふ。

帝の座を自ら退いて、春宮を冷泉帝に押し上げるきっかけを作った朱雀院は、上皇となって上皇御所に移った。政治と縁の切れた朱雀院は《のどやかにおぼしなりて》と、ゆったりと時が流れる上皇御所という別世界の中で、本来の自分を取り戻しつつあるようだ。「おぼしなる」（おもひなる）は、だんだんそう思えるようになる。《時々につけて、をかしき御遊びなど、好ましげにておはします》と、四季折々にふさわしい趣ある管弦の合奏に興じている時などは、いかにも好みに合った暮らしに満足げな様子である。女御や更衣たちも皆上皇御所に移って、在位中と変わらずに仕えた。

その中でただ一人、春宮の御母女御だけは皆とは違う新しい道を歩む。その人は《とり立てて時めきたまふこともなく、尚侍の君の御おぼえにおし消たれたまへりしを、かくひきかへめでたき御幸ひにて、離れ出でて宮に添ひたてまつりたまへる》と、これまで特別に目をかけられて華やいだこともなく、ただ尚侍の君の勢いに押し負かされて、無きが如しのような人だったのが、我が子が春宮に就いたことで、上皇の元を離れ、急に華やかな舞台に踊り出てきたように、春宮の御母女御として内裏の春宮御所に住むことになったのである。そのことは語り手が《ひきかへめでたき御幸ひ》と言祝ぐように、大いにたたえてしかるべき出来事だった。「ひきかへ」は、打って変わって。

源氏が今も内裏で宿直所にしているのは、亡き母桐壺更衣の使っていた淑景舎であるが、この度、春宮と御母女御が住むことになった梨壺の昭陽舎は、その淑景舎の南隣に当たる。源氏は早速《近隣の御心寄せに、何ごとも聞こえ通ひて、宮をも後見たてまつりたまふ》と、親しげに近づく。隣同士のよしみということで、互いにどんなことも話題に乗せて親交を深め、まめまめしく春宮の世話までかって出るほどだった。

入道后(きさい)の宮、御位をまたあらためたまふべきならねば、太上天皇(だいじやうてんわう)になずらへて、御封(みふ)たまはらせたまふ。院司(ゐんじ)どもなりて、さまことにいつくし。御行ひ、功徳(くどく)のことを、常の御いとなみにておはします。年ごろ世に憚りて出で入りも難(かた)く、見たてまつりたまはぬ嘆きをいぶせくおぼしけるに、おぼすさまにて参りまかでたまふも、いとめでたければ、大后(おほきさき)は、憂(う)きものは世なりけりとおぼし嘆く。大臣(おとど)はことに触れて、いとはづかしげにつかまつり、心寄せきこえたまふも、なかなかいとほしげなるを、人もやすからず聞こえけり。

藤壺入道后の宮は天皇の母となったが、出家の身なので中宮の位を改め皇太后となることはない。その代わりに太上天皇の位に準じた御封*①を受け取ることになった。そのために《院司どもなりて、さまことにいつくし》と、大勢の事務官が任命され、その様は格別威厳に満ちたものだった。「いつくし」（厳）は、威厳があって立派だ。藤壺は、我が子が無事に帝の座に即いてくれたことで、ようやく心の平穏を得る。《御行ひ、功徳のことを、常の御いとなみにておはします》と、今は仏道の修行に専念し、勤行、功徳ある仏事などを常の仕事にして日々を過ごしている。

《年ごろ世に憚りて出で入りも難く、見たてまつりたまはぬ嘆きをいぶせくおぼしけるに》と、ここ数年間というものは、右大臣の治める世を憚って宮中に出で入りすることは滅多になく、春宮にはなかなか会えなかった。いつも我が子に会えない嘆きを胸に抱えて気は晴れず鬱々としていた。「いぶせし」は、憂鬱な気持ちの晴らし所がなく、胸のふさがる思いである。しかし実質に皇太后となった今は、《おぼすさまにて参りまかでたまふもいとめでたければ》と、思い通りに宮中に参上し、帝に会うことができた。誰憚るもののない堂々たる宮中出で入りの様子は、讃嘆する他ない立派なものとして注目を引いた。

だが、その評判を耳にした大后は《憂きものは世なりけり》と、無念の思いにため息を漏らす。不本意にも我が子がふがいないばかりに宿敵源氏の復活を許し、それればかりか自ら帝位を退いて藤壺の子などに譲り、そのため母の藤壺までが我が物顔で宮中に出入りしているとは。大后は《憂きものは》――情けないのは《世なりけり》と心につぶやき、臍を噛みしめる。「世」を長期にわたり思うように治めることは叶わなかったが、自分はどんな時も自分なりの正義を実現するために一生懸命生きてきたという、政を司る人の自負が込められているように思う。

今や優位に立ち自信に満ち溢れた源氏は、そんな憤懣やるかたない大后に、《ことに触れて》何かと近づく。大后にぴたりと寄り添い、《いとはづかしげにつかまつり、心寄せきこえたまふも》と、ゆき届かない所がないほどこまやかな心遣いをもって仕える。「はづかしげに」は、こちらが恥ずかしく感じるほど相手が立派である。「心寄せ」は、好意を寄せる。

かつての宿敵から厚意の限りを尽くされている大后の立場に、語り手は《なかなかいとほしげなるを》と、かえって気の毒で見ていられないほどだと同情する。周りの人々は源氏と大后の長く続いた確執を忘れられないゆえに、源氏が大后に厚意を寄せるほど、大后が源氏の追い落としに企んだ仕打ちの数々を浮かび上がらせ、大后の面子はつぶされることになる。源氏の極端な豹変ぶりに不審を抱く世間の人々は、《人もやすからず聞こえけり》と、そこまでしなくてもなどと眉をひそめて噂し合うのだった。「やすからず」は、穏やかでない。

兵部卿(ひやうぶきやう)の親王(みこ)、年ごろの御心ばへのつらく思はずにて、ただ世の聞こえをのみおぼし憚りたまひしことを、大臣(おとど)は憂きものにおぼしおきて、昔のやうにもむつびきこえたまはず。なべての世には、あまねくめでたき御心なれど、この御あたりは、なかなか情(なさけ)なき節(ふし)もうち交(ま)ぜたまふを、入道の宮は、いとほしう本意(ほい)なきことに見たてまつりたまふ。世の中のこと、ただ、なかばを分けて、太政大臣(おほきおとど)、この大臣(おとど)の御ままなり。権中納言の御女(むすめ)、その年の八月に参らせたまふ。祖父殿(おほぢとの)ゐたちて、儀式など

いとあらまほし。兵部卿の宮の中の君も、さやうに心ざしてかしづきたまふ名高きを、大臣は、人よりまさりたまへとしもおぼさずなむありける。いかがしたまはむとすらむ。

兵部卿の親王は、源氏の愛妻紫の上の実父でありながら、源氏が須磨へ流謫の身となった時、《年ごろの御心ばへのつらく思はずにて、ただ世の聞こえをのみおぼし憚りたまひしことを》と、一人都に取り残された娘紫の上とは、一切の接触を断った。娘を気遣って密かに励ましの手紙を届けることもなく、様子伺いの見舞いに訪れることさえなく、源氏を排斥する世の風潮ばかりを伺って保身に徹した父親王の冷たい仕打ちは、女房たちの手前もどれほど紫の上の立場を恥ずかしめその心を傷つけたか。

源氏は《憂きものにおぼしおきて》と、源氏と引き離されて苦境に立たされた妻を、なお一層孤立状態に追い込んだ親王の振る舞いをどうしても許すことができなかった。その気持ちは帰京後も心に留まり、《昔のやうにもむつびきこえたまはず》と、親王とは一線を画し、こちらから近づいてゆくことはなかった。

源氏という人は《なべての世には、あまねくめでたき御心なれど、この御あたりは、なかなか情けなき節もうち交ぜたまふを》という面を持っていた。おおかたの人々には誰彼と分け隔てなく思いやりを持って接するのに、兵部卿の宮家のこととなるとかえって冷たく当たる時がままあったと言う。

源氏と親密な関係にある藤壺には、こうした源氏の公の顔は理解できず、《いとほしう本意なきことに見たてまつりたまふ》と、同腹の兄弟の関係にある兵部卿の宮に同情を寄せ、源氏の冷たい扱いには納得がいかずに心を痛めていた。「本意なきこと」は、期待と違って不満である。

《世の中のこと、ただ、なかばを分けて、太政大臣、この大臣の御ままなり》と、国の政治は大まかに言えば二分され、太政大臣とこの大臣とが思うがままに権勢を振るうこととなる。やがてその年の八月に、権中納言（昔の頭中将）の女（むすめ）の入内があった。その時は《祖父殿ゐたちて、儀式などいとあらまほし》と、太政大臣が骨身を惜しまず世話をしたので、入内の支度などは何から何まで申し分ない素晴らしいものだった。

兵部卿の宮の中の君も、《さやうに心ざしてかしづきたまふ名高きを》——入内させるつもりで大切に育てられているということで評判の高い娘だったが、《大臣は、人よりまさりたまへとしもおぼさずなむありける》——源氏は、中の君が他の姫君を押さえて入内してほしいとは必ずしも思っていない様子で、中の君のために動こうとはしない。《いかがしたまはむとすらむ》と、一体なにを考えているのかと、これからの源氏の動向が注目されるところだと語り手は言う。

＊①皇族、諸臣に官位や勲功に応じて賜る戸口。その租の半分、庸調の全部が封主の収入となる。太上天皇は二千戸、中宮は千五百戸。

住吉詣

その秋、住吉(すみよし)に詣(まう)でたまふ。願(ぐわん)ども果たしたまふべければ、いかめしき御ありきにて、世の中ゆすりて、上達部(かむだちめ)、殿上人(てんじやうびと)、われもわれもとつかうまつりたまふ。をりしも、かの明石の人、年ごとの例のことにて詣(まう)づるを、去年(こぞ)今年はさはることありておこたりけるかしこまり取り重ねて、思ひ立ちけり。舟にて詣でたり。岸にさし着くるほど見れば、ののしりて詣でたまふ人のけはひ、渚(なぎさ)に満ちて、いつくしき神宝(かむだから)を持(も)て続けたり。楽人十列(がくにんとをつら)など、装束(さうぞく)をととのへ容貌(かたち)を選びたり。「誰(た)が詣でたまへるぞ」と問ふめれば、「内大臣殿の御願(ぐわん)果たしに詣でたまふを、知らぬ人もありけり」とて、はかなきほどの下衆(げす)だに、ここちよげにうち笑ふ。げにあさましう、月日もこそあれ、なかなかこの御ありさまを遥かに見るも、身のほどくちをしうおぼゆ。さすがにかけ離れたてまつらぬ宿世(すくせ)ながら、かくくちをしき際(きは)の者だに、もの思ひなげにて、つかうまつるを色節(いろふし)に思ひたるに、何の罪深き身にて、心にかけておぼつかなう思ひきこえつつ、かかりける御響きをも知らで立ち出でつらむ、など思ひ続くるに、いと悲しうて、人知れずしほたれけり。

その年の秋に、源氏は住吉神社に参詣する。須磨で謫居の折、暴風雨が何日も続き、高潮や落雷に遭って命の危険にさらされた時に、すがったのが住吉明神だった。沢山の誓願を立て、皆が必死に祈ったおかげで危機は去り、京に戻って政権復帰も叶った。今日の参詣はその時予告したように、願果たしの所謂お礼参りである。住吉明神には、苦境から脱して迎えた今日の繁栄を、誇示して見せなくてはという思いもあって、《いかめしき御ありきにて、世の中ゆすりて》と、源氏は意気も揚々と盛大な行列を組み、世間の人々は願果たしの参詣とはかけ離れたその仰々しさに驚き騒ぐ。「ゆする」は、大騒ぎをする。そんな評判に便乗してか、行列には《上達部、殿上人、われもわれもとつかうまつりたまふ》と、宮中の重立った顔ぶれも続々と加わり、大層な見ものとなった。

ちょうど時を同じくして、かの明石の人も住吉神社を目指していた。毎年恒例のこととして、幼い頃から欠かさずに参詣してきたのだが、《去年今年はさはることありておこたりけるかしこまり取り重ねて、思ひ立ちけり》――去年と今年は妊娠出産という特別な出来事があり、参詣に来ることが叶わなくなった。そのお詫びもかねて今日の参詣を思い立ち、舟でやって来たのだった。「さはる」は、妨げ。「おこたる」は、しなければならないことをしないでいる。「かしこまり」は、お詫び、お礼。

舟が岸に着く頃、舟の中から岸の方をのぞむと、《ののしりて、詣でたまふ人のけはひ、渚に満ちて、いつくしき神宝を持て続けたり》と、大声をあげて陽気に騒ぎながら参詣する人々が、浜辺に満ち溢れている。何だろうと思ってよく見れば、立派な奉納の宝箱を持つ人々の列がどこまでも続いている。《楽人十列など、装束をととのへ容貌を選びたり》と、楽人舞人十人が青摺の装束に身を包んで馬に乗って進んでいるが、いずれも顔の美しい者たちが選ばれているのがよくわかる。そんな都人の華麗な行列に引き付けられて、明石の人はなおも見続ける。

行列の威勢に圧倒された明石の人の供人が、恐る恐る《「誰が詣でたまへるぞ」》と、尋ねている様子だ。すると《「内大臣殿の御願果たしに詣でたまふを、知らぬ人もありけり」とて、はかなきほどの下衆だに、ここちよげにうち笑ふ》――源氏の内大臣殿が御願ほどきの参詣に来ているというのに知らない人もいるものだなと言って、取るに足りない身分の下人までが気持ちよさそうに声を立てて笑っている。明石の人は自分たちの無知を恥じるが、その満ち足りて幸せそうな姿に、下々にまで深く浸透している源氏の権勢の一端を見せつけられたようで感慨深くもあった。

それにしても明石の人は《げにあさましう、月日もこそあれ、なかなかこの御ありさまを遙かに見るも、身のほどくちをしうおぼゆ》と、他の日をいくらでも選べたのに、源氏と同じ日に来てしまったことに驚き呆れる。それでかえって、遠目にも源氏の威勢を目の当たりに知ることとなり、わが身の情けなさがひとしお身にこたえ、惨めさにうちひしがれる。

《さすがにかけ離れたてまつらぬ宿世ながら、かくくちをしき際の者だに、もの思ひなげにて、つかうまつるを色節に思ひたるに、何の罪深き身にて、心にかけておぼつかなう思ひきこえつつ、かかりける御響きをも知らで立ち出でつらむ》と、様々に思いが駆け巡る。

自分は源氏との間に切っても切れない縁がありながら、あのような卑しい身分の者が悩み一つなさそうにのびのびと、供に加わるのを誇らしそうにしているのに比べたら、遙か遠くからその身を案じることしかできず、こんなに恋しいのに会えないつらさに耐えなければならない。今回も源氏にとって大切な御願ほどきの参詣なのに、何にも知らずに出かけて来てしまった。何と愚かしいことだろう。前世にどんな罪を犯して今こんなにもつらい目に合わなければならないのかなどと、いろいろ考え続けているうちに悲しくてたまらず、人知れず涙が溢れてくるのをどうすることできなかった。「くちをしき際」は、取るに足りない身分。「色節」は、光栄。「おぼつかなし」は、心配になる。「響き」は、評判。

松原の深緑なるに、花紅葉をこき散らしたると見ゆるうへのきぬの濃き薄き、数知らず。六位のなかにも蔵人は青色しるく見えて、かの賀茂の瑞籬恨みし右近の尉も靫負になりて、ことことしげなる随身具したる蔵人なり。良清も同じ佐にて、人よりことにもの思ひなきけしきにて、おどろおどろしき赤衣姿、いときよげなり。すべて見し人々、ひきかへはなやかに、何ごと思ふらむと見えてうち散りたるに、若やかなる上達部、殿上人の、われもわれもと思ひいどみ、馬鞍などまで飾りをととのへ磨きたまへるは、いみじき見物に田舎人も思へり。

様々に心をかき乱されながら明石の人は、なお続く源氏の行列から目を離すことはできない。

住吉の海岸を彩る松林は深緑に覆われ、その中に《花紅葉をこき散らしたると見ゆるうへのきぬの濃き薄き、数知らず》と、まるで花や紅葉をしごいて一面に散らしたように、色鮮やかな袍が数え切れないほどあちこちに点在している。上達部[*①]、殿上人の着る紫や緋の袍は濃い色もあり薄色もあり、それぞれが模様をなして美しい。

六位の袍は深緑で、松の緑には映えない色となるが、同じ六位でも蔵人[*②]が着用する袍の色は《青色しるく見えて》と、他と区別される黄味がかった萌葱(もえぎ)色である。源氏の供人として須磨へ下る時、あの賀茂神社で瑞籬を恨む歌を詠んだ右近の将監も、今は靫負の尉となり《ことことしげなる随身具したる蔵人なり》——ものものしく武具を負った随身を引き連れた蔵人である。

良清も同じ衛門府の次官だ。《人よりことにもの思ひなきけしきにて、おどろおどろしき赤衣姿、いときよげなり》と、誰よりも屈託無げな晴れ晴れとした表情をして、かなり目を引く赤色の五位の袍がよく映えてきれいに見える。この人たちは皆、明石でも源氏の供人だった人々なので見知った顔ばかりである。当時は肩を落としてうなだれていた人々が、《ひきかへはなやかに何ごと思ふらむと見えてうち散りたるに》と、今は見違えるほど立派になって何の心配事もなさそうに自信に満ち溢れた姿で、あちこちに散らばって見える。

中でも明石の人が心引かれたのは、《若やかなる上達部、殿上人の、われもわれもと思ひいどみ、馬鞍などまで飾りをととのへ磨きたまへるは》と、まだ若い上達部、殿上人などが馬や鞍の装いや飾り付けなどに無我夢中になって競い合っている光景だった。《いみじき見物に田舎人も思へり》と、見たこともない有様だと感じ入り、自らを田舎者*③と卑称する。田舎住まいでは、暮らしに溶け込んでいる馬や鞍を美しく飾り付け磨き上げるなどということに、誰が思い付くだろうかと、明石の人は都の貴族たちのおおらかな美意識に圧倒される。

御車を遙かに見やれば、なかなか心やましくて、恋しき御影をもえ見たてまつらず。河原（かはら）の大臣（おとど）の御例をまねびて童随身（わらはずいじん）をたまはりける、いとをかしげに装束（さうぞ）き、みづら結（ゆ）ひて、紫裾濃（むらさきすそご）の元結（もとゆひ）なまめかしう、丈姿（たけすがた）ととのひ、うつくしげにて十人、さま異（こと）に今めかしう見ゆ。大殿腹（おほいとの）の若君、限りなくかしづき立てて、馬添童（むまぞひわらは）のほど、皆作りあはせて、やうかへて装束（そうぞ）きわけたり。雲居（くもゐ）遙かにめでたく見ゆるにつけても、若君の数ならぬさまにてものしたまふをいみじと思ふ。いよいよ御社（やしろ）のかたを拝（をが）みきこゆ。国の守（かみ）参りて、御まうけ、例の大臣などの参りたまふよりは、ことに世になくつかうまつりけむかし。いとはしたなければ、立ち交（まじ）り、数ならぬ身のいささかのことせむに、神も見入れかずまへたまふべきにもあらず、帰らむにも中空（なかぞら）なり、今日は難波（なには）に舟さしとめて、祓（はら）へをだにせむとて、漕ぎ渡りぬ。

源氏が乗っているはずの車がはるか先に見える。恋しくて逢いたくてたまらない。けれども源氏との間に横たわる遙かな距離のことを考えると悔しくてならず、《なかなか心やましくて、恋しき御影をもえ見たてまつらず》と、恋しい姿なぞもうたくさん、見たくもないという気になってくる。だが、そう思いながら、やはりなお源氏の車から目を離すことができない。明石の人は一層目を凝らしてそのあたりを見つめる。「心やまし」は、相手に対する劣等意識をこらえている不愉快な感情を表す。いらだつ。

源氏の供には童随身が付いている。河原の大臣[*④]の先例にならって、源氏も帝から賜った子たちである。《いとをかしげに装束き、みづら結ひて、紫裾濃の元結なまめかしう、丈姿ととのひ、うつくしげにて十人、さま異に今めかしう見ゆ》――大層美しい衣装に身を包み、髪はみづら[*⑤]に結って、その髪を束ねる組み紐が紫裾濃[*⑥]で、子供に使われるとかえって新鮮でしゃれて見える。背丈も揃って可愛らしい姿が十人、花が咲いたようにひときわ目立つ。

源氏は大殿腹の若君を、この上なく大切に思って世話を怠らない。《馬添童のほど、皆作りあわせて、やうかへて装束わけたり》と、若君の乗る馬に付き添う童たちの服装まで皆お揃いである。それも他の童たちの着ている装束とはまた別仕立ての素晴らしいものだった。

源氏一行は《雲居遙かにめでたく見ゆるにつけても》と、遠目にではあるが、きらびやかな都の別世界をはからずも垣間見せてくれた。が、それにつけても源氏の子でもあるわが姫君が、《若君の数ならぬさまにてものしたまふをいみじと思ふ》と、今見た晴れがましい世界のどこにもおらず、何の映えもないみすぼらしい田舎の片隅でひっそりと育っているのは、何と悲しいことだろうとつくづくと思う。「いみじ」は、ひどい、悲しい。そんな不憫な姫君のために親の自分ができることは祈ることである。そう思った明石の人が住吉神社に向かって祈りを捧げる必死な姿は、《いよいよ御社のかたを拝みきこゆ》の《いよいよ》ということばから伝わるに違いない。

摂津の守が源氏一行の元に参上し、《御まうけ》——饗応の用意があることを伝える。語り手が国守の饗応は《例の大臣などの参りたまふよりは、ことに世になくつかうまつりけむかし》——源氏に靡かないものなどいない世の中になったのだから、普通の大臣の参詣の時より格段と豪勢なもてなしになるだろうと、付け加えて気をもたせる。

源氏一行からようやく目を離した明石の人は、これからどうしようかと戸惑う。今は《いとはしたなければ》と、わが身の程のみっともなさにいたたまれない思いで一杯である。《立ち交り、数ならぬ身のいささかのことせぬに、神も見入れかずまへたまふべきにもあらず、帰らむにも中空なり》——源氏一行の中に交じって、卑しい身の自分がわずかのものを奉納したとて、神は目を留めてそれでよしと認めてくれるはずもないだろう。そうかと言ってこのまま引き返すのも気持ちが収まらない。

立ち返るべき現実の何もかもが、入道が心を込めて用意したに違いない豪華な奉納品までもが、価値を失いつまらないものに見える。明石の人は卑屈な劣等感にからめとられて苦しむのだった。仕方がない、今日は難波の港に舟を泊めて《祓へをだにせむとて、漕ぎ渡りぬ》——せめてお祓いだけでもしてもらおうと予定を変更して、難波[*7]に向け櫓を進めて行くのだった。

君は夢にも知りたまはず、夜一夜いろいろのことをせさせたまふ。まことに神のよろこびたまふべきことをし尽くして、来しかたの御願にもうち添へ、ありがたきまで遊びののしり明かしたまふ。惟光やうの人は、心のうちに神の御徳をあはれにめでたしと思ふ。あからさまに立ち出でたまへるにさぶらひて、聞こえ出でたり。

住吉の松こそものは悲しけれ
　神代のことをかけて思へば

げにとおぼし出でて、

「あらかりし波のまよひに住吉の
　神をばかけて忘れやはする

験ありな」とのたまふも、いとめでたし。

一方、源氏は明石の人が参詣に来ていたことを全く知らなかった。《夜一夜いろいろのことをせさせたまふ》と、一晩中次々と様々な神事を奉納したので、他の事に気を回す暇はなかった。《まことに神のよろこびたまふべきことをし尽くして、来しかたの御願にもうち添へ、ありがたきまで遊びののしり明かしたまふ》――本当に神が喜びそうなことで思い付くことは何でもやった。住吉明神へはどれほど御礼を重ねても足りないくらいの感謝の気持ちで一杯である。これまでの様々な祈願に対する願ほどきの後、さらに滅多に見られないほど大がかりな規模で、歌舞の管弦演奏をにぎにぎしく神前に奉納して、胸に満ちる感謝の気持ちを表すのだった。「遊び」は、奏楽や歌舞を演じ楽しむこと。神を慰め楽しませるものを神遊びという。「のしる」は、大音声を響かせる。惟光のように源氏と苦労を共にしてきた者は、《心のうちに神の御徳をあはれにめでたしと思ふ》――心のうちに住吉神社の御加護をしみじみと有り難いことと思い、感謝に堪えないでいる。

《あからさまに立ち出でたまへるにさぶらひて、聞こえ出でたり》――惟光は源氏がちょっと社殿から外へ出た時を見計らって側に近寄り、《住吉の松こそものは悲しけれ神代のことをかけて思へば》[*⑧]――住吉の松を見ると感無量になる、昔のことを忘れずに思うのでと、歌を詠みかけて今の心境を伝えた。「かけて」は、心に掛けて（忘れずに）。源氏はその通りだと思って感慨深げに明石にいた頃を思い出す。《あらかりし波のまよひに住吉の神をばかけて忘れやはする／験ありな》――荒れ狂う嵐にうろたえてしまった時の住吉明神の加護を、どうして忘れられようか、霊験あらたかだと詠んで惟光の気持ちを汲む。

辛酸を嘗めた年月も共に過ごしてきた源氏と惟光の、主君と乳母子の緊密な関係は今日もなお揺らぐことはなかった。

*①当時は、位の上下によって袍（衣冠、束帯で公的な場に出る時に着る上着）の色に浅い深いの区別があり、一位深紫、二位三位は浅紫、四位は深緋、五位は浅緋、六位は深緑、七位は浅緑、八位は深縹、初位は浅縹であるが、平安中期には乱れた。

*②六位の蔵人の第一席の者は、天皇から麹塵の御袍（天皇の日常服服。青がかった黄色）を賜って着

用する。

＊③「京・みやこ」に対することば。京の外を「田舎」という。都の洗練された美意識の埒外におかれたものへの何ほどかの差別意識を引きずったことば。

＊④従一位左大臣源融。嵯峨天皇皇子。その豪奢風流な邸宅を河原の院と号した。源融が童随身を賜ったことは史実には見当たらない。長徳二年、藤原道長が童随身六人を賜っている。

＊⑤童の髪型。髪を左右に分け、耳のあたりで丸く輪を束ねる。

＊⑥上を薄く、裾を濃く紫にぼかし染めにした元結（組紐）

＊⑦今の大阪市東部、上町台地。この水辺で古代から祓えが行われた。源氏も明石からの帰京の際、この地で祓えをしている。

＊⑧「松」に「まず」を掛ける。「神代」は「住吉」の縁で、須磨明石で苦労した当時の意を込める。

みをつくしの恋

かの明石の舟、この響きにおされて過ぎぬることも聞こゆれば、知らざりけるよと、あはれにおぼす。神の御しるべをおぼし出づるもおろかならねば、いささかなる消息（せうそこ）をだにして心なぐさめばや、なかなかに思ふらむかし、とおぼす。御社（みやしろ）立ちたまひて、所々に逍遙（せうえう）を尽くしたまふ。難波（なには）の御祓（はら）へなど、ことによそほしうつかうまつる。堀（ほり）江（え）のわたりを御覧じて、「今はた同じ難波なる」と、御心にもあらでうち誦（ず）じたまへ

るを、御車のもと近き惟光、うけたまはりやしつらむ、さる召しもやと、例にならひて懐（ふところ）にまうけたる柄（つか）短き筆など、御車とどむる所にてたてまつれり。

惟光は頃合いを見計らって、《かの明石の舟、この響きにおされて過ぎぬることも》と、明石の人の舟が近くまで来ていたのに、この騒ぎで参詣もせずに帰ってしまったことも耳に入れる。源氏にとっては寝耳に水の出来事である。《知らざりけるよと、あはれにおぼす》と、何ということだ、気がつかずに本当にすまなかったという気持ちで一杯になる。参詣もできずにひっそり帰らせてしまったのが不憫でならない。

源氏は日を示し合わせたかのように、明石の人と同じ日に参詣に来てしまったのも、《神の御しるべ》が働いているに違いないと、《おろかならねば》と、知らぬ顔をして済ませることではないと思い、これまでの明石の人との数々の縁を思い出す。《いささかなる消息をだにして心なぐさめばや、なかなかに思ふらむかし》と、ほんのわずかでも手紙を書いて気持ちを慰めてあげたいものだ、すぐ近くまで来ていながら空しく引き返すのでは悲しみもつらさもひとしお身に応えるであろうと、明石の人の傷ついた心を推し量る。

源氏一行の帰りは、大役を果たしたあとの解放感から各地の観光を楽しむ旅路となる。一行は住吉神社に別れを告げると、《所々に逍遙を尽くしたまふ》と、あたりの名所、歌枕はすべて訪ねようと、あちらこちらに馬と車を向け気ままに動き回る。「逍遙」は、気まかせにここかしこと遊び歩くこと。難波での御祓へは特別な場所なので、《ことによそほしうつかうまつる》と、古来行われていたという祓への儀式をならって厳かに執り行う。

《堀江のわたり》（歌枕）には、仁徳天皇が難波の高津宮近辺に開拓したという運河があり、蘆が繁り澪標が立てられていた。澪標（みをつくし）は「水脈（みを）つ串」の意で水脈に杭を並べ立てて航路の目印としたもの。難波のものが有名であった。「みをつくし」には「澪標」と「身を尽くし」が掛けてある。源氏はここに宮が立てられていた昔を思い、荒涼とした景色に目を遣っているうちに、《「今はた同じ難波なる」[*1]》という古歌を《御心にもあらでうち誦じたまへるを》——誰に聞かせるつもりもないのについ口ずさむ。源氏の乗っている車の側近くに耳をそばだてて控えていた惟光がそれを聞きとったのだろう。《さる召しもやと、例にならひて懐にまうけたる柄短き筆など、御車とどむる所にてたてまつれり》と、そういうこともあろうかと、いつも懐中に持ち歩いている携帯用の筆を、車が止まったところで、すかさず差し出す。

をかしとおぼして、畳紙（たたうがみ）に、

みをつくし恋ふるしるしにここまでも
　めぐり逢ひけるえには深しな

とて、たまへれば、かしこの心知れる下人（しもびと）してやりけり。駒並（こまな）めてうち過ぎたまふにも心のみ動くに、露ばかりなれど、いとあはれにかたじけなくおぼえて、うち泣きぬ。

数ならでなにはのこともかひなきに
　などみをつくし思ひそめけむ
田蓑（たみの）の島に御禊（みそぎ）つかうまつる、御祓へのものにつけてたてまつる。

源氏は《をかしとおぼして》と、いつもながらの惟光の機転に感じ入る。早速懐中の畳紙を取り出せば、それには衣にたきしめた香りがほのかに移っている。明石の人に向けその懐紙に《みをつくし恋ふるしるしにここまでもめぐり逢いひけるえには深しな》——命をかけて恋慕う証拠にこんなところで再会するとは何と深い縁かと、思いを走らせる。「えに」（縁）に堀江の「江」をひびかせ、「澪標」と縁語。そして筆と共に惟光に《たまへれば》と、与える。

惟光は一刻も早くこの手紙を届ける手立てについて、一心に頭を回らす。幸いなことに《かしこの心知れる下人してやりけり》——明石の事情が分かっている下人を探し出し、その下人が密かに明石の人を見つけ出して、手紙を渡すことができたのだった。女は思いもかけず、見覚えのある使者から畳紙に書かれた源氏の手紙を渡される。

折しも外に目を遣れば、明石の人の一行の前を、源氏一行の華麗な大行列が、《駒並めてうち過ぎたまふ》[*②]ところである。しかし恋しい源氏の乗る車は、前後左右大勢の供人たちに守られ、近寄ることなどとてもできない。《心のみ動くに》と、女の胸は今にも張り裂けそうである。

そんな時受け取った手紙には《露ばかりなれど》——わずか一行の歌が書かれたものだったが、《いとあはれにかたじけなくおぼえて、うち泣きぬ》と、源氏の心が直接伝わってくる歌だったのがうれしくて飛び上がりたいほどの気持ちである。こんなに大勢の供人たちを束ね導く立場でありながら、自分のような者のために時間を割いてくれたこと自体が有り難くて思わず涙ぐむのだった。すぐに《数ならでなにはのこともかひなきになどみをつくし思ひそめけむ》——人数にも入らない身の私は何をしてもどうにもならずあきらめていたのに、どうして命をかけて人を恋慕うようになったのかと返歌をしたためる。「なには」（難波）に「なに」（何）を利かせている。

「かひ」は、「甲斐」と「貝」を掛け、「澪標」とともに「難波」の縁語。そして源氏が田蓑*③の島で祓へをする時に使う木綿にこの歌を付けて献上したのである。

日暮れがたになりゆく。夕潮（ゆふしほ）満ち来て、入江の鶴（たづ）も声をしまぬほどのあはれなるをりからなればにや、人目もつつまずあひ見まほしくさへおぼさる。

露けさの昔に似たる旅衣（たびごろも）
田蓑の島の名には隠れず

道のままに、かひある逍遥遊びののしりたまへど、御心にはなほかかりておぼしやる。遊女（あそび）どものつどひ参れる、上達部（かんだちめ）と聞こゆれど、若やかにこと好ましげなるは、皆目

とどめたまふべかめり。されど、いでや、をかしきことももののあはれも、人からこそあべけれ、なのめなることをだに、すこしあはきかたに寄りぬるは、心とどむるたよりもなきものを、とおぼすに、おのが心をやりて、よしめきあへるもうとましうおぼしけり。

刻一刻と日も暮れて夕闇が迫る。《夕潮満ち来て、入江の鶴も声をしまぬほどのあはれなるをりからなればにや》[*④]——難波潟では夕方の潮が満ちて来て、入り江で餌を啄んでいた鶴の群れが一斉に飛び立ち、声を限りに鳴きながら田蓑の島へ向かっている時であろうか、声を振り絞って鳴く鶴の声が切なくて、それを聞く源氏の胸にもしみじみと染み渡る。女への思いは募り、《人目もつつまずあひ見まほしくさへおぼさる》と、みるみるうちに膨らんではち切れそうだ。

しかし今は、そのような人目などかまわずただ逢いに行きたいという衝動は押さえるしかない。《露けさの昔に似たる旅衣田蓑の島の名には隠れず》[*⑤]——昔海辺をさまよっていた頃と同じように、衣服は今も涙に濡れているのに、田蓑の島の蓑に身を隠すこともできず濡れたままであると、地名を詠み込んだ歌を詠んで悲しみを紛らわす。源氏はこの場を捨て大勢の供人たちを置いたまま、行方をくらますことなどできない内大臣という重い身分をわきまえている。

源氏一行の帰り道は《道のままに、かひある逍遙遊びののしりたまへど》と、気の向くままに名所遊覧を存分に楽しみながら、時に管弦演奏も入ったりして一段と賑やかな様相を呈していたが、源氏ひとりは《御心にはなほかかりておぼしやる》と、やはり明石の人はどうしているだろうかと、心に掛かって楽しめなかったのだった。

そこへ《遊女ども》が舟に乗って集まって来た。当時、淀川流域、海辺の宿駅にたむろしていたようである。《上達部と聞こゆれど、若やかにこと好ましげなるは、皆目とどめたまふべかめり》と、上達部と呼ばれる上流貴族に属する者でも、若くて風流の好きな者は皆一目見ただけで惹き付けられ目が離せなくなっているようだ。

しかし源氏は《されど》と、上達部たちの反応に違和感を抱く。《いでや》は、反発して意見を述べる時に使う。さて、どうであろうか、女と付き合おうとする時、見た目だけで決められるだろうか。女と向き合い《をかしきことももののあはれも、人からこそあべけれ、なのめなることをだに、すこしあはきかたに寄りぬるは、心とどむるたよりもなきものを》と、ものの風情やあわれを感じて共感が持てるのは相手の女の人柄に依るものだ、どこにでもあるありふれた恋でも女の方に多少なりと浮わついたところが見えれば、こちらも気持ちを動かされることはないものなのにと源氏は思う。「なのめなる」は、平凡、並みである。「あはきこと」は、軽薄。

源氏は遊女たちの、《おのが心をやりて、よしめきあへるもうとましう》と、皆それぞれ得意げにしなを作って男たちと戯れている姿には嫌悪を覚えるだけだった。「心をやる」は、得意になる。「よしめく」は、それらしく見える、遊女らしく嬌態を演ずる。

かの人は過ぐしきこえて、またの日ぞよろしかりければ、御幣たてまつる。ほどにつけたる願どもなど、かつがつ果たしける。またなかなかもの思ひ添はりて、明け暮れくちをしき身を思ひ嘆く。今や京におはし着くらむと思ふ日数も経ず、御使あり。このころのほどに迎へむことをぞのたまへる。いとたのもしげに、数まへのたまふめれど、いさや、また、島漕ぎ離れ、中空に心細きことやあらむと、思ひわづらふ。入道も、さて出だし放たむは、いとうしろめたう、さりとて、かくうづもれ過ぐさむを思はむも、なかなか来しかたの年ごろよりも、心尽くしなり。よろづにつつましう、思ひ立ちがたきことを聞こゆ。

一方明石の人は、源氏一行が過ぎ去るのを待って、日柄も良い次の日に神への捧げ物を奉納した。《ほどにつけたる願どもなど、かつがつ果たしける》と、しがない身分相応に、数々の願ほどきを何とか果たしたと、謙遜して語られる。が、《ほどにつけたる》《かつがつ》は、源氏一行を目の当たりにした、明石の人の卑屈さが選んだことばであり、実際は入道肝入りの一段と豪華な捧げ物で神も満足したに違いない。

明石の人は源氏一行と出会した後は、《またなかなかもの思ひ添はりて、明け暮れくちをしき身を思ひ嘆く》と、これまで以上に物思いが増し、朝に晩に《くちをしき》身を嘆く日々を送ることになったのである。「くちをし」は、思うようにならなかった自分の運命や事の成り行きを惜しむ気持ちが表れたことば。無念、不本意である、がっかりである、情けないなど。やがて《今や京におはし着くらむと思ふ日数も経ず》――今頃は京に着いているだろうと恋しい人を思い描いて幾日もたたないうちに、源氏の使者が手紙を携えて明石までやって来た。手紙には《このころのほどに迎へむことをぞのたまへる》と、近いうちには京へ迎えたいと記されてあった。

明石の人は、源氏は《いとたのもしげに、数まへのたまふめれど》と、娘の将来のことを真剣に考えてくれて、身分違いの自分のことも一人前に扱ってくれる頼もしい人だと思う。しかし《いさや》、明石の人の心の中には一抹の源氏を信じ切れない気持ちがもたげる。「いさや」は、いぶかる気持ちで、さあ、どうであろうか。《また、島漕ぎ離れ、中空に心細きことやあらむと、思ひわづらふ》――親元遠く明石の浦を離れれば、どっちつかずの身になって、頼る人もなくさぞ心細い思いをするだろうと、不安でためらう気持ちが膨らむ。

父入道も《さて出だし放たむは、いとうしろめたう、さりとて、かくうづもれ過ぐさむを思はむも、なかなか来しかたの年ごろよりも、心尽くしなり》と、心の動揺を隠せない。父入道はいざ娘を手元から離すことを考えると、掌中の玉のように育ててきたので、何としても気がかりでならない。そうかと言って、源氏の子を抱えたまま、この地で埋もれて暮らすなどということはあってはならないことだ。

この度直面する悩みは、これまで長い年月を思い悩んで過ごしてきたことに比べると、かえって心労がひどく気も休まらないという質のものだった。明石の人は《よろづにつつましう、思ひ立ちがたきことと》——京に上るについてはすべての点で気が引けて、とても決心がつかないことを伝えて、源氏の使者に持たせたのだった。

＊①「わびぬれば今はた同じ難波なる身をつくしても逢はむとぞ思ふ」（『後撰集』元良親王）今さら人目を恐れて立ってしまった噂で嘆いてもしょうがない、同じことなら命をかけても会いたいと思うの意。

＊②歌語。「駒並めていざ見にゆかむ故里は雪とのみこそ花は散りけれ」（『古今集』）。

＊③古来からの御禊の場所。現在堂島に田蓑橋がある。

＊④「難波潟潮みち来らし田蓑の島に鶴鳴き渡る」（『古今集』読み人知らず）による叙景。「雨衣」は蓑を言うための枕詞。

＊⑤「雨により田蓑の島を今日ゆけど名には隠れぬものにぞありける」（『古今集』紀貫之）。

＊⑥「ほのぼのと明石の浦の朝霧に島隠れゆく舟をしぞ思ふ」（『古今集』読み人知らず）をふまえている。

御息所の遺書

まことや、かの斎宮（さいくう）もかはりたまひにしかば、御息所（みやすむどころ）上（のぼ）りたまひてのち、かはらぬさまに何ごともとぶらひきこえたまふことは、ありがたきまで情（なさけ）を尽くしたまへど、昔だにつれなかりし御心ばへの、なかなかならむ名残は見じと、思ひ放ちたまへれば、わたりたまひなどすることはことになし。あながちに動かしきこえたまひても、わが心ながら知りがたく、とかくかかづらはむ御ありきなども、所狭うおぼしなりにたれば、強ひたるさまにもおはせず。斎宮をぞ、いかにねびなりたまひぬらむと、ゆかしう思ひきこえたまふ。

なほかの六条の旧宮をいとよく修理しつくろひたりければ、みやびかにて住みたまひけり。よしづきたまへること旧りがたくて、よき女房など多く、好いたる人のつどひ所にて、ものさびしきやうなれど、心やれるさまにて経たまふほどに、にはかに重くわづらひたまひて、ものいと心細くおぼされければ、罪深き所に年経つるも、いみじうおぼして、尼になりたまひぬ。

《まことや》と、語り手は話題を転換する時のことばを用いて一呼吸おき、源氏にとって特別の存在である六条御息所の登場をほのめかす。先にこの度の代替わりに伴う変化の模様を語ったが、語り残しがあった。*①斎宮のことである。斎宮ももちろん代替わりにより任を解かれ、伊勢から都に戻っていたことを忘れてはなるまい。娘と共に伊勢へ下向していた御息所もまた当然ながら以前のような都人に戻っていた。

御息所の帰還を誰よりも喜んだのは源氏である。互いに都を離れ、伊勢と須磨に暮らしていた時は、手紙のやりとりを通じて二人は心を交わし合っていた。源氏の方は今も御息所を慕っており、《かはらぬさまに何ごともとぶらひきこえたまふことは、ありがたきまで情を尽くしたまへど》と、昔と変わらずに何くれとなく様子を伺い、暮らしぶりや体のことを気遣う見舞いの手紙を届けていた。時にはこれまでにないほど気持ちを込めて思いの丈をぶつけたりもした。

しかし、御息所は《思ひ放ちたまへれば》と、気持ちはもはや源氏から離れていたので、今更ながら、源氏の甘いことばに心を動かされることはなかった。「思ひ放つ」は、無関係だという気持ちになる。《昔だにつれなかりし御心ばへの、なかなかならむ名残は見じ》と、御息所は昔受けた源氏の冷たい仕打ちが心に残っていて、今更あのようなつらい思いをして苦しみたくはないという思いが強かった。「名残」は、つれなさを感じさせるもの。《名残は見じ》という強い意志のことばには、源氏には幻滅を感じたくないのだという御息所の願いが込められているように思う。

《わたりたまひなどすることはことになし》と、御息所からの手紙を見ても、源氏の思いに応えてくれそうな様子は、一向にうかがえなかったので、源氏も六条の邸をわざわざ訪問することはなかった。源氏は源氏で《あながちに動かしきこえたまひても、わが心ながら知りがたく》と、ためらいがあった。「あながち」は、無理に。御息所を強引に振り向かせても、源氏自身が自分の気持ちをはかりかねるところがあって、御息所にきちんと向き合えるかどうか自信が持てないでいた。

《とかくかかづらはむ御ありきなども、所狭うおぼしなりにたれば、強ひたるさまにもおはせず》というのが今の源氏の実情だった。「所狭う」は、身動きならず窮屈である。あちこちとかかわりを持ってきた女の所へ通っても身分上からか、自由にふるまえなくなったので、最近は昔ほど出歩くことに熱心になれない。けれども《斎宮をぞ、いかにねびなりたまひぬらむと、ゆかしう思ひきこえたまふ》――斎宮だけには、どんなに美しく成長しただろうかと、見てみたい気持ちが湧くのだった。「ねび」は、大人になる、成長する。「ゆかし」は、心がそのものに向かっていく様。見たい。

御息所が住居としているのはこれまで通り六条の旧宮だが、巧みな修理を施したので、これまで以上に《みやびかにて》格式の高い家の雰囲気を漂わせている。《よしづきたまへること旧りがたくて、よき女房など多く、好いたる人のつどひ所にて》と、御息所の洗練された美意識や研ぎ澄まされた美的感性は少しも変わらずに邸の隅々にまで発揮され、他に類を見ない趣深い美の世界を堪能できる御息所邸には、美しく聡明な女房が寄って来るし、風雅な趣を愛でてやまない貴公子たちの集まる場所ともなっていた。

《ものさびしきやうなれど、心やれるさまにて経たまふほどに》と、かつては華やかな政治の舞台で活躍したのであろう元皇太子妃としては、世間から忘れられたようなもの寂しい暮らし方のように見えるが、周囲にとらわれず思うとおりに心満たされる日々を過ごしていた。「心遣る」は、憂さを慰める。心にまかせてする。

ところが、長年他所で暮らしてきた無理がたたったのか、昔の暮らしを甦らせて緊張がどっと解けたのか、体調を崩し《にはかに重くわづらひたまひて》と、容態が急変し、重篤に陥ってしまった。《ものいと心細くおぼされければ、罪深き所に年経つるも、いみじうおぼして、尼になりたまひぬ》と、死期を察したのであろうか、伊勢の斎宮に六年もいて仏事を離れていた罪の報いが恐ろしくなり、迷うことなく尼となったのである。

大臣聞きたまひて、かけかけしき筋にはあらねど、なほさるかたのものをも聞こえあはせ人に思ひきこえつるを、かくおぼしなりにけるがくちをしうおぼえたまへば、おどろきながらわたりたまへり。飽かずあはれなる御とぶらひ聞こえたまふ。近き御枕上に御座よそひて、脇息におしかかりて、御返りなど聞こえたまふも、いたう弱りたまへるけはひなれば、絶えぬ心ざしのほどは、え見えたてまつらでやと、くちをしうて、いみじう泣いたまふ。

かくまでもおぼしとどめたりけるを、女もよろづにあはれにおぼして、斎宮の御ことをぞ聞こえたまふ。「心細くてとまりたまはむを、かならずことに触れて数まへきこえたまへ。また見ゆづる人もなく、たぐひなき御ありさまになむ。かひなき身ながらも、今しばし世の中を思ひのどむるほどは、とざまかうざまにものをおぼし知るまで見たてまつらむとこそ思ひたまへつれ」とても、消え入りつつ泣いたまふ。

源氏がそれを耳にして黙っているわけがない。御息所の出家は、源氏にとって大事な人の身に起きた一大事件であった。《かけかけしき筋にはあらねど》と、何も御息所に対する懸想(けそう)めいた気持ちから言っているのではない。御息所は《なほさるかたのものをも聞こえあはせ人に思ひきこえつるを》と、何と言っても風雅の道を極め、奥深いところで語り合えるかけがえのない人なのだ。それなのに《かくおぼしなりにけるがくちをしうおぼえたまへば、おどろきながらわたりたまへり》と、いきなり出家を決意してしまったとは。何としても無念でならない。本人と会って話がしたいと、とるものもとりあえず六条邸に駆け付けたのだった。

邸に着くと《飽かずあはれなる御とぶらひ聞こえたまふ》と、思いの限りを込め、心からの見舞いのことばを並べて案内を請う。「飽かず」は、いつまでも、いやになることがなく。御息所は《近き御枕上に御座よそひて》と、枕元の近くに源氏の席を用意してくれた。

しかし自分は、《脇息におしかかりて、御返りなど聞こえたまふも》と、脇息に体をもたれ掛けさせるようにして、辛うじて返事をしている。源氏は自分の体を支えるのもやっとという、《いとう弱りたまへるけはひ》の御息所の病状に愕然とする。御息所は出家どころか死期が迫っているのかもしれないと感じ取る。急に心細くなり《絶えぬ心ざしのほどはえ見えたてまつらでや》――この胸の思いはわかってもらえないままなのだろうかと思うと、無念でならず耐えがたい思いが込み上げて号泣する。かけがえのない人を失うのは余りにも悲しい。

激しく泣く源氏に、御息所は《かくまでもおぼしとどめたりけるを》――源氏がこれほどまで自分のことを気に掛けてくれていたのだと改めて確認すると、うれしくて気持ちが和らぐ。《女もよろづにあはれにおぼして、斎宮の御ことをぞ聞こえたまふ》と、ここで御息所は《女》

と書かれているように、源氏を恋する女として源氏と向き合う。これまでの何もかもが、今は感慨深く心に沁み、一番気に掛けている斎宮のことを源氏ならばと依頼する。

《心細くてとまりたまはむを、かならずことに触れて数まへきこえたまへ》——一人取り残される斎宮のことを何かの折には必ず面倒を見て遣ってほしいと、全てのことを委ねる心づもりで強く頼むのだった。「数まへ」は、一人前と数える。世話をしてやる人の中に数える。続けて《また見ゆづる人もなく、たぐひなき御ありさまになむ》と述べて、斎宮の心細い身の上を強調する。「見ゆづる」は、世話を人に委ねる。[*②]この世に誰一人頼る者とてなく、こんなかわいそうな人が他にいるだろうかと、死を前にして娘の行く末を思い悩む母の気持ちは、不安や焦燥が渦巻いて尋常ではいられない。

《かひなき身ながらも、今しばし世の中を思ひのどむるほどは、とざまかうざまにものをおぼし知るまで見たてまつらむとこそ思ひたまへつれ》と、気弱なことばを吐いて、息も絶え絶えに忍び泣く。《世の中を思ひのどむるほど》「世の中」は、命を指し、「のどむ」は、時間の進行をゆるめる。命の続く間は。無力ながらもせめて斎宮が分別つく年頃になるまで命長らえて世話をしたかったと、思いを残して逝く母の心が切なく迫る。

「かかる御ことなくてだに、思ひ放ちきこえさすべきにもあらぬを、まして、心の及ばむに従ひては、何ごとも後見(うしろみ)きこえむとなむ思うたまふる。さらにうしろめたく

な思ひきこえたまひそ」など聞こえたまへば、「いとかたきこと。まことにうち頼むべき親などにて見ゆづる人だに、女親に離れぬるは、いとあはれなることにこそはべるめれ。まして思ほし人めかさむにつけても、あぢきなきかたやうち交り、人に心も置かれたまはむ。うたてある思ひやりごとなれど、かけてさやうの世づいたる筋におぼし寄るな。憂き身を抓みはべるにも、女は思ひのほかにてもの思ひを添ふるものになむはべりければ、いかでさるかたをもて離れて見たてまつらむと思うたまふる」など聞こえたまへば、あいなくものたまふかなとおぼせど、「年ごろによろづ思うたまへ知りにたるものを、昔の好き心の名残あり顔にのたまひなすも本意なくなむ。よし、おのづから」とて、外は暗うなり、内は大殿油のほのかにものより通りて見ゆるを、もしやとおぼして、やをら御几帳のほころびより見たまへば、心もとなきほどの火影に、御髪いとをかしげにはなやかにそぎて、寄りゐたまへる、絵にかきたらむさまして、いみじうあはれなり。

源氏は世にも悲しげな御息所のことばを引き取り、《かかる御ことなくてだに、思ひ放ちきこえさすべきにもあらぬを、まして、心の及ばむに従ひては、何ごとも後身きこえむとなむ思うたまふる。さらにうしろめたくな思ひきこえたまひそ》と言って、気安く請け合う。

そのようなことを言われなくても斎宮のような方を見捨てるわけがなく、任された以上は気の付く限り万事世話をしていく所存なので、決して心配することがないようにと、いかにも頼もしげで調子良い。

しかし、源氏の安請け合いの危うさを知り抜いている御息所は、《いとかたきこと》と言って釘を刺す。源氏にその資格はあるのかと言いたげである。《まことにうち頼むべき親などにて見ゆづる人だに、女親に離れぬるは、いとあはれなることにこそはべるめれ》と、女親に死なれた娘の立場というものがどういうものかをまずわかってもらいたい。

娘に安心して後を任せられる父親がいても、母親に先立たれた娘は本当に気の毒なことになる。この先どう生きたらいいのか、皆目わからず心細さは募り不安は増すばかりで、情緒不安定な心の状態に陥る。ましてそんな時《思ほし人めかさむにつけても、あぢきなきかたやうち交り、人に心も置かれたまはむ》と、源氏が斎宮を殊更大切な思い人のように扱えば、斎宮は他の女たちに嫉妬されて苦々しい思いをしたり、わけもなく疎まれたりして心がかき乱され苦しい日々を送らねばならないだろうと、自らのつらい体験を重ねながら解き明かす。

御息所は改まった口調で《うたてある思ひやりごとなれど》——いやなことを先走って言うのも恐縮だがと前置きして、《かけてさやうの世づいたる筋におぼし寄るな》と、きっぱり言い切る。決して斎宮にはそのような色めいた世話を考えるなと機先を制する。一番言いたかったことを告げた後、その理由を《憂き身を抓みはべるにも、女は思ひのほかにてもの思ひを添ふるものになむはべりければ》と述べる。

「身を抓む」は、我が身をつねって人の痛さを知ること。不運な我が身に引き比べても、女は思いも寄らぬことで物思いを重ねるものだと説明する。源氏との恋に苦しみ抜いた体験から言えば、自分のせいではなく相手の男の諸事情に巻き込まれ振り回されたりして、嫉妬に苦しむことになることを指す。だからこの娘だけは《いかでさるかたをもて離れて見たてまつらむと思うたまふる》と、どうにかしてそう*③いうつらい目に関わらないですむ身の上にしてやりたいと思っていると、母としての思いをきちんと伝える。

源氏は、さすがに御息所は源氏の魂胆を見抜いていると感じ入り、《あいなくものたまふかな》と、心に思うが口には出さない。「あいなくも」は、ばつが悪い。気にくわない。源氏は《年ごろによろづ思うたまへ知りにたるものを、昔の好き心の名残あり顔にのたまひなすも本意なくなむ。よし、おのづから》——この頃では万事につけ分別がようになったのに、未だに昔の好き心が残っているような物言いをされるのも心外だ、そのうちわかるだろうと言って、御息所の日頃見せなかった辛辣な言い方に、やんわりと抗議する。娘をひとり取り残して旅立たねばならぬ母の必死な訴えは、源氏の心を少なからず動かしたに違いない。

あたりを見回せば外は闇が迫っている。部屋の内は《大殿油のほのかにものより通りて見ゆるを》と、灯台の明かりがほのかに灯って、ものの隙間からその明かりの漏れているのが美しい。源氏はそれとわかると、ふと御息所と斎宮の姿が見えないだろうかと思い付き、《やをら御几帳のほころびより見たまへば》——几*④帳のほころびからそっと覗(のぞ)く。

するとかすかな火影に映っているのは御息所の尼姿だった。《御髪いとをかしげにはなやかにそぎて、寄りゐたまへる》と、その姿を感無量の思いで見つめる。肩*⑤や背中のあたりで切り揃えられた豊かな髪は、すっきりと美しい線を描いて若々しく見え、弱々しげに脇息にもたれかかっているその姿は《絵にかきたらむさまして、いみじうあはれなり》と、慣れ親しんでいるとは言え、申し分なく美しく胸を衝く。その美しさを源氏は心に刻む。

帳の東面に添ひ臥したまへるぞ、宮ならむかし。御几帳のしどけなく引きやられたるより、御目とどめて見通したまへれば、頬杖つきて、いともの悲しとおぼいたるさまなり。はつかなれど、いとうつくしげならむと見ゆ。御髪のかかりたるほど、頭つき、けはひ、あてに気高きものから、ひぢぢかに愛敬づきたまへるけはひしるく見えたまへば、心もとなくゆかしきにも、さばかりのたまふものをと、おぼし返す。

「いと苦しさまさりはべる。かたじけなきを、はやわたらせたまひね」とて、人にかき臥せられたまふ。「近く参り来たるしるしに、よろしうおぼさればうれしかるべきを、心苦しきわざかな。いかにおぼさるるぞ」とて、のぞきたまふけしきなれば、「いと恐ろしげにはべるや。乱りごこちのいとかく限りなるをりしもわたらせたまへるは、まことに浅からずなむ。思ひはべることをすこしも聞こえさせつれば、さりともと、たのもしくなむ」と聞こえさせたまふ。「かかる御遺言の列におぼしけるも、いとどあはれになむ。故院の御子たち、あまたものしたまへど、親しくむつび思ほすもをさなきを、上の同じ御子たちのうちに数まへきこえたまひしかば、さこそは

頼みきこえはべらめ。すこしおとなしきほどになりぬる齢ながら、あつかふ人もなければ、さうざうしきを」など聞こえて、帰りたまひぬ。御とぶらひ、今すこしたちまさりて、しばしば聞こえたまふ。

御帳台の東側に、母に寄り添うように臥しているのが、斎宮だろうと見当を付ける。《御几帳のしどけなく引きやられたるより、御目とどめて見通したまへれば、頬杖つきて、いともの悲しとおぼいたるさまなり》と、斎宮の側の几帳が無造作に押しやられている所から、目を凝らしてじっと見つめると、子供のように頬杖をついた憂い顔の斎宮が浮かび上がる。《はつかなれど、いとうつくしげならむと見ゆ》と、顔の様子はわずかな明かりではっきりとはわからなかったが、とても愛らしい人のように見える。

さらに気になるところはどうかと気を入れて見れば、《頭つき、けはひあてに気高きものから、ひぢぢかに愛敬づきたまへるけはひしるく見えたまへば》と、髪のかかり具合、頭の格好などから醸し出される雰囲気は、上品で気高く近寄り難そうなのに、内に生き生きとした活力がみなぎり、とても魅力的な様子がはっきりとうかがえる。「ひぢぢか」は、ぴちぴちして活気あるさま。「愛敬づき」は、表情や態度に魅力がある。源氏は《心もとなくゆかしきにも、さばかりのたまふものをと、おぼし返す》と、落ち着きを失い、体が吸い寄せられそうになるのを感じる。しかし先ほどの母御息所のことばが心に甦り、動揺する気持ちを抑えつけ、何事もなかったかのように心を静まらせる。

やがて御息所が、《いと苦しさまさりはべる》と口を開く。源氏が側にいることで緊張感も増し、余計疲れたのだろうか。《「かたじけなきを、はやわたらせたまひね」とて、人にかき臥せられたまふ》——いつまでも病床にひきとめておくのは恐れ多い、早く引き取るようにと源氏を促し、自身は女房に助けられて横になる。源氏は早く帰れと言われても、体を動かすこともままならない御息所の苦しげな様子が気になって、未練がましく再び声を掛ける。
《「近く参り来たるしるしに、よろしうおぼされればうれしかるべきを、心苦しきわざかな。いかにおぼさるるぞ」》と、自分の見舞いで具合も良くなればうれしいが、そうでもなさそうなのがつらい。気分は一体どうなのかと言いながら、つい几帳の中を覗こうとする。

帳の揺らめくかすかな気配からそれと察した御息所は、《いと恐ろしげにはべるや》——私は大変恐ろしい姿だからと、ぴしりと言って止めさせる。自分は病みやつれてひどい姿なので、源氏には絶対見られたくはない、しかし《乱りごこちのいとかく限りなるをりしもわたらせたまへるは、まことに浅からずなむ》——病の苦痛もこれが最後かという時に源氏が来てくれたのは、それこそこれまでのご縁のおかげというもので本当にうれしい。《思ひはべることをすこしも聞こえさせつれば、さりともと、たのもしくなむ》と、源氏には心に思ってきたことを、多少なりと吐き出すことができた。源氏ならば娘のことはきっと心に掛けてくれるだろうから安心して任せられると、全幅の信頼を込めて最後のことばを振り絞る。

源氏は御息所の期待に応えるかのように神妙な調子で、《かかる御遺言の列におぼしけるも、いとどあはれになむ》――私を大事な遺言を承るべき人のひとりに考えてくれて感無量であると、礼のことばを返す。故院の御子たちは大勢いるが、自分と親しく付き合ってくれる者など殆どいない。そんな中で《上の同じ御子たちのうちに数まへ聞こえたまひしかば、さこそは頼みきこえはべらめ》と、故院が斎宮を自分の御子の一人として考えていたように、自分も大切な妹と考えて面倒をみようと思うと語る。

《すこしおとなしきほどになりぬる齢ながら、あつかふ人もなければ、さうざうしきを》自分はどうにか一人前の大人にはなったが[*⑥]、まだ手をかける子もいないので物足りなく思っていたところであるなどと、御息所を安心させたくて、つい余計なことを語りすぎて帰宅したのだった。その後、見舞いの手紙は目に立つほど増え、頻繁に届けられた。

＊①六条御息所の姫君。六年前伊勢に下向し今年は二十歳。斎宮は新帝即位ごとに任命される。
＊②上流階級の姫君で後見人がいなくては、殆ど生きていくのも難しいので、このように言う。
＊③普通の結婚はしてほしいが、妻妾の一人となることは望まない気持ち。
＊④几帳の帷子（垂れ布）の縫い合わせていないところ。
＊⑤尼そぎといって、肩から背中のあたりで髪を切り揃えてあるので、扇を広げたように見える。
＊⑥この時源氏二十九歳、御息所は三十六歳。

斎宮弔問

七八日ありて亡せたまひにけり。あへなうおぼさるるに、世もいとはかなくて、もの心細くおぼされて、内裏へも参りたまはず、とかくの御ことなど掟てさせたまふ。またたのもしき人もことにおはせざりけり。古き斎宮の宮司など、つかうまつり馴れたるぞ、わづかにことども定めける。御みづからもわたりたまへり。宮に御消息聞こえたまふ。「何ごともおぼえはべらでなむ」と、女別当して聞こえたまへり。「聞こえさせ、のたまひ置きしこともはべりしを、今は隔てなきさまにおぼされば、うれしくなむ」と聞こえたまひて、人々召し出でて、あるべきことども仰せたまふ。いとたのもしげに、年ごろの御心ばへ、取り返しつべう見ゆ。いといかめしう、殿の人人、数もなうつかうまつらせたまへり。あはれにうちながめつつ、御精進にて、御簾おろしこめて行はせたまふ。宮には、常にとぶらひきこえたまふ。やうやう御心しづまりたまひては、みづから御返りなど聞こえたまふ。つつましうおぼしたれど、御乳母など、「かたじけなし」と、そそのかしきこゆるなり。

そののち、「御息所は《七八日ありて亡せたまひにけり》」という知らせを受け取る。いずれその人の死は覚悟しなければならないだろうと思っていたが、いざ直面すると《あへなうおぼさるるに、世もいとはかなくて、もの心細くおぼされて、内裏へも参りたまはず》と、がっくりと気落ちして深い喪失感に見舞われる。源氏は世の中が鈍色(にびいろ)一色になったようでつまらなくて寂しくてたまらない。内裏へも行く気がしない。御息所の面影を追い、御息所のことだけを思って邸に籠もる。「あへなし」は、死などに直面して手の打ちようもなくがっくりした気持ちを言う。どうしようもない。はかない。

　ところが、源氏という人はひとたび実務的なことに思い及ぶと、隅々まで頭が回り気が働く。《とかくの御ことなど掟てさせたまふ》と、葬送の準備など手はずを整えておくように邸の者に指図をしておく。御息所の邸では、源氏をおいて他に頼みとなる親戚筋の人もいなかったのである。《古き斎宮の宮司など、つかうまつり馴れたるぞ、わずかにことども定めける》と、前の斎宮寮の役人で、斎宮が戻って解任された後も邸に出入りをしている者が、源氏の指図を受けて何とか事を取り仕切った。やがて源氏自身も御息所邸を弔問し、斎宮にその旨を伝える。

　斎宮は《「何ごともおぼえはべらでなむ」》——まだ取り乱していて何も考えられないと、子供のような返事を女別当[*①]が伝える。それを聞くと源氏は、《「聞こえさせ、のたまひ置きしこともはべりしを、今は隔てなきさまにおぼされば、うれしくなむ」》と、臨終の時、母君に語ったこともあり、また母君からの遺言は私が承っている。今後は遠慮することなく私を何でも相談できる者として、頼ってくれればうれしいなどと言って、斎宮に改めて母上の臨終に立ち会った人として自分を紹介する。

源氏は、この邸では何が必要かをすばやく察することのできるまめな男である。《人々召し出でて、あるべきことども仰せたまふ》と、邸で悲しみに沈んで泣き暮らしていた女房たちを呼び出し、為すべき用事をいろいろと命じる。語り手がその働きぶりを、《いとたのもしげに、年ごろの御心ばえ、取り返しつべう見ゆ》と言ってもち上げる。しかしこんな程度で、これまでの源氏の冷たい仕打ちが償われたかのように見えるとは、語り手も寛大すぎるのではないか。亡き御息所はどう思って見ているだろうか。

《いといかめしう、殿の人々、数もなうつかうまつらせたまへり》と、御息所の葬儀は源氏の采配のもと大層盛大に執り行われた。あらん限りの源氏の家人たちが招集され、皆さまざまな働きをして葬儀を盛り上げた。葬儀が終わって一段落すると、源氏は《あはれにうちながめつつ》しみじみと物思いにふけっていたが、同じ感性で歌を詠み合える最高の恋人を失って、心に開いた空洞をどう埋めようもなく、《御精進にて、御簾おろしこめて行はせたまふ》と、部屋に籠もって僧に勤行をさせ仏道修行に専念し、ただ御息所のために一心に祈るのであった。「御簾おろしこめて」ということばが、大切な人のために喪に服する源氏の悲しみの姿を語っている。

斎宮へは常に見舞いの手紙を欠かさなかった。しばらく経つと《やうやう御心しづまりたまひては、みづから御かへりなど聞こえたまふ。つつましうおぼしたれど、御乳母など、「かたじけなし」と、そそのかしきこゆるなり》と、斎宮の方もようやく気持ちが落ち着き、平常心を取り戻したようである。斎宮自身が源氏への返事を書くまでにゆとりが持てるようになる。

初めは恥ずかしく気が引けてその気にならなかったが、乳母たちが源氏から届いた手紙をそのままにしておくのは恐れ多いことだから、直筆で早く書くように勧めたからだった。「つつまし」は、気が引ける、恥ずかしい。「そそのかし」は、せかせて勧める。

雪、霙（みぞれ）かき乱れ荒るる日、いかに宮のありさまかすかにながめたまふらむと思ひやりきこえたまひて、御使たてまつれたまへり。

ただ今の空を、いかに御覧ずらむ。

降り乱れひまなき空に亡き人の
天翔（あまかけ）るらむ宿（やど）ぞかなしき

空色の紙の、くもらはしきに書いたまへり。若き人の御目にとどまるばかりと、心してつくろひたまへる、いと目もあやなり。宮はいと聞こえにくくしたまへど、これかれ、「人づてには、いと便（びん）なきこと」と責めきこゆれば、鈍色（にびいろ）の紙の、いとかうばしう艶（えん）なるに、墨つきなどまぎらはして、

消えがてにふるぞ悲しきかきくらし
わが身それとも思ほえぬ世に

つつましげなる書きざま、いとおほどかに、御手すぐれてはあらねど、らうたげにあてはかなる筋に見ゆ。

《雪、霙かき乱れ荒るる日》は、六条の斎宮邸が何かと気に掛かる。《いかに宮のありさまかすかにながめたまふらむと思ひやりきこえたまひて》——源氏はひっそりと消え入りそうな宮邸の中で、斎宮は一人どんなにか淋しく物思いに沈んでいるだろうかと思いを馳せ、思い余って使いの者を差し向ける。

斎宮にあてた手紙には《ただ今の空を、いかに御覧ずらむ》と、荒れ模様の空にかこつけて機嫌を伺うことばがあり、《降り乱れひまなき空に、亡き人の天翔るらむ宿ぞかなしき》という歌が書かれていた。雪や霙がひっきりなしに降り注ぐ空を、亡き母の魂が娘を案じてひたすら駆け巡っているだろう邸を思うと悲しくなると、四十九日[*②]の間、娘に執着しているに違いない御息所像を描いてみせる。

紙は《空色の紙の、くもらはしき》——空色が黒ずんだような、今日の空模様に合わせた色の紙を使う。《若き人の御目にとどまるばかりと、心してつくろひたまへる、いと目もあやなり》と、源氏が年若い斎宮の気持ちを惹き付けようと、心を込めて書き上げた字はまぶしいばかりに美しい。宮はその余りの美々しさに戸惑い引き気味となる。

すると、《これかれ、「人づてには、いと便なきこと」と責めきこゆれば》と、側にいた二、三人の女房が「代筆では失礼に当たる。自分で書くように」と、きつく言い渡したので仕方なく筆を執る。《鈍色の紙の、いとかうばしう艶なるに、墨つきなどまぎらはして》と、鈍色の紙に人を惹きつけるような香りの高い香をたきしめ、墨の濃淡を美しく紛らわして、《消えがてにふるぞ悲しきかきくらしわが身それとも思ほえぬ世に》と、返歌をしたためる。

「消えがてに」は、消えることができないで。死にもしないで日を送っているのが悲しい、涙に暮れて自分が自分であるともわからなくなっている世にと、悲嘆のただ中にいながら、自分を突き放そうと技巧を駆使する。「ふる」は、「降る」「経る」の掛詞。「消え」「降る」「かきくらし」は、「雪」「霙」の縁語。「わが身それとも」に「霙」を詠み込む。

斎宮の《つつましげなる書きざま》は、《いとおほどかに》と、育ちのよさが伺えて好感が持てる。源氏はさらに《御手すぐれてはあらねど、らうたげにあてはかなる筋に見ゆ》——筆跡は母上のようにずば抜けて上手くはないが、どこかかわいらしさがあり、気品あふれた書風と見て、まずまずの評価を下す。

下(くだ)りたまひしほどより、なほあらずおぼしたりしを、今は心にかけてともかくも聞こえ寄りぬべきぞかしとおぼすには、例の、引き返し、いとほしくこそ。故御息所(こみやすむどころ)の、いとうしろめたげに心おきたまひしを、ことわりなれど、世の中の人もさやうに思ひ寄りぬべきことなるを、引き違(たが)へ心清くてあつかいきこえむ、上(うへ)の今すこしものおぼし知る齢(よはひ)にならせたまひなば、内裏(うち)住みせさせたてまつりて、さうざうしきに、かしづきぐさにこそ、とおぼしなる。

源氏は改めて斎宮への思いがいかに募っていたかを思い知る。《下りたまひしほどより、なほあらずおぼしたりしを今は心にかけてともかくも聞こえ寄りぬべきぞかしとおぼすには》と思っていたくらいなのだ。「なほあらず」は、このまま何もせずにいることはできない。斎宮が伊勢に下った時から関心を抱き、このままでは済まされまいというまで思いは大きくなっていた。しかし後見を託された今は、いつでも思いを打ち明けることができると思う一方で、御息所の遺言が浮かび《例の引き返し、いとほしくこそ》と、そんなことは止めよう、相手が気の毒だからといつものように思い直す。

《故御息所の、いとうしろめたげに心おきたまひしを、ことわりなれど、世の中の人もさやうに思ひ寄りぬべきことなるを、引き違へ心清くてあつかいきこえむ》と、亡き御息所が自分の魂胆を見抜いて、心配でたまらないとひどく気に掛けていたのも無理ないことだし、世間の人も御息所と同じ想像をするだろう。だが世間の期待は裏切っておいて、ここは下心なく純粋な気持ちで世話することにしようと、源氏は自分の心を見据え舵取りを決める。「引き違へ」は、当然の成り行きと思われることと違った態度を取る。

そして《上の今すこしものおぼし知る齢にならせたまひなば、内裏住みせさせたてまつりて、さうざうしきに、かしづきぐさにこそ、とおぼしなる》と、帝がもう少し分別のつく年頃になったら、斎宮は女御として入内させることとしよう。自分にはかわいがって世話をする子が少なくて物足りなく思っていたのでちょうど良かった、と徐々に考えを固めていくのだった。「かしづきぐさ」は、大切に養育する対象。

いとまめやかにねむごろに聞こえたまひて、さるべきをりをりはわたりなどしたまふ。「かたじけなくとも、昔の御名残におぼしなずらへて気遠からずもてなさせたまはばなむ、本意なるここちすべき」など聞こえたまへど、わりなくもの恥ぢをしたまふ奥まりたる人ざまにて、ほのかにも御声など聞かせたてまつらむは、いと世になくめづらかなることとおぼしたれば、人々も聞こえわづらひて、かかる御心ざまを愁へきこえあへり。女別当、内侍などいふ人々、あるは離れたてまつらぬわかむどほりなどにて、心ばせある人々多かるべし、この人知れず思ふかたのまじらひをせさせたてまつらむに、人に劣りたまふまじかめり、いかでさやかに御容貌を見てしがな、とおぼすも、うちとくべき御親心にはあらずやありけむ。わが御心も定めがたければ、かく思ふといふことも、人にも漏らしたまはず。御わざなどの御ことをも取り分きてせさせたまへば、ありがたき御心を宮人もよろこびあへり。

その後も源氏は《いとまめやかにねむごろに聞こえたまひてさるべきをりをりはわたりなどしたまふ》と、宮邸にはこまごまと気を配りつつ、心を込め弔問の便りをして、何か然るべき用事がある時には、自身が足を運んだ。斎宮に対しては《「かたじけなくとも、昔の御名残におぼしなずらへて気遠からずもてなさせたまはばなむ、本意なるここちすべき」》――恐れ多いことだが、この際私を母上の形見と思って他人扱いをやめてくれたらうれしいのだが、などと機嫌を取り結ぼうと懸命に語りかける。「気遠からず」は、よそよそしくなく。

しかし斎宮は、もともと《わりなくもの恥ぢをしたまふ奥まりたる人ざまにて》と、むやみやたらに恥ずかしがっては、奥に引っ込みがちの内気な性格の人である。《ほのかにも御声など聞かせたてまつらむは、いと世になくめづらかなることとおぼしたれば》と、うっかり返事をして、ほんの少しでも男に声を聞かせたりすることなどとんでもないことと考えているので、女房たちもどう取りなしたらいいか困り果てている。「めづらか」は、自分の知識経験では思いも寄らないさま。やっかいな宮の《御心ざま》を嘆き合うばかりで打つ手はない。

だが源氏は斎宮の返事が返ってこなくてもそんなに気にしない。斎宮について身の処し方、その方法、条件などについて密かに考えを巡らせているからだった。斎宮の家には《女別当、内侍などいふ人々、あるは離れたてまつらぬわかむどほりなどにて、心ばせある人々多かるべし、この人知れず思ふかたのまじらひをせさせたてまつらむに、人に劣りたまふまじかめり》と、女別当、内侍と呼ばれるもと斎宮寮の女官たち、あるいは同じ皇統の血筋の者で、ものの情趣もわかる人々が大勢仕えているので心配ないだろう。「わかむどほり」は、皇室の血を引く人。「まじらひ」は、宮仕えをする。冷泉帝への入内を指す。

今考えている斎宮を入内させるという点では、決して他の妃たちに引けをとることはあるまい。ここには優秀な女房たちの教育体制が整っているから、宮中のしきたり、妃の心得などについて事細かにしっかりと教えてくれるだろう。

それにしても《いかでさやかに御容貌を見てしがな》と、斎宮の容貌をこの目ではっきりと見てみたいものだという欲求は募るばかりである。すると語り手が、《うちとくべき御親心にはあらずやありけむ》——まだ安心できる親心にはなりきっていなかったのだろうかと、微妙な言い方でからかい、恋情と親心の間を揺れる源氏の心の隙を突く。

《わが御心も定めがたければ、かく思ふといふことも、人にも漏らしたまはず》——自分でもどちらなのか決められないほど自信がないので、入内の心積もりのことは誰にも漏らさなかった。御息所の邸にはなお抜かりなく気を配り、《御わざなどの御ことをも取り分きてせさせたまへば、ありがたき御心を宮人もよろこびあへり》——七日ごとの法要の世話には特別念を入れて臨んだので、源氏の厚情を宮家の人々は皆喜び合うのだった。

＊①斎宮寮の女官。「賢木」に斎宮の歌を代筆したことが見える。今はその役を退いているが呼び名はもとのまま。

＊②仏教で、死者の魂は死後四十九日の間、次の生が決まらず、家のあたりをさまようと考えられていた。

画策

はかなく過ぐる月日に添へて、いとどさびしく、心細きことのみまさるに、さぶらふ人々もやうやうあかれ行きなどして、下つかたの京極わたりなれば、人気遠く、山寺の入相の声々に添へても、音泣きがちにてぞ過ぐしたまふ。同じき御親と聞こえしなかにも、片時の間も立ち離れたてまつりたまはでならはしたてまつりたまひて、斎宮にも親添ひて下りたまふことは例なきことなるを、あながちに誘ひきこえたまひし御心に、限りある道にては、たぐひきこえたまはずなりにしを、干る世なうおぼし嘆きたり。

《はかなく過ぐる月日に添へて、いとどさびしく、心細きことのみまさるに、さぶらふ人々もやうやうあかれ行きなどして》と、語り手はその後の斎宮邸の状況を伝える。魅力溢れる邸の主として存在感を放ってきた御息所の消えた斎宮邸は、月日を重ねるにつれてますます寂しくなり、これから先の暮らしの不安ばかりが募る心細いかぎりの状態に陥る。仕える女房たちもそれと察してか、《やうやうあかれ行きなどして》か、一人二人といとまごいをしては散り散りに去って行く。「あかる」は、集まっていた人がそこからちりぢりになること。

宮邸のある場所は、都の内とは言え、《下つかたの京極わたりなれば、人気遠く》[*①]と、下京の六条京極あたりなので、都の中心からは遠く離れており、人家はまばらで人通りも殆ど無く閑散とした所だった。そんな邸で斎宮は癒えるすべもない悲しみの心を抱いたまま一日を過ごす。[*②]《山寺の入相の声々に添へても、音泣きがちにてぞ過ぐしたまふ》と、日暮れになると山寺で打つ鐘の声があちこちから響き渡り斎宮の心を包み込む。そんな鐘の音と共に斎宮も声を上げて泣き尽くすことがよくあった。

御息所と斎宮は《同じき御親と聞こえしなかにも、片時の間も立ち離れたてまつりたまはでならはしたてまつりたまひて》、というほどの密着親子だった。斎宮は父親を早くに亡くしたこともあって、母の側を片時も離れることなく育った。《斎宮にも親添ひて下りたまふことは例なきことなるを、あながちに誘ひきこえたまひし御心に》と、娘が斎宮に任ぜられた時にも、[*③]これまで親が伊勢下向に付き添って行く前例などないのに、娘の斎宮は無理に親を誘って付いて来てもらったほどだった。《限りある道にては、たぐひきこえたまはずなりにしを、干る世なうおぼし嘆きたり》母が亡くなった時、娘は死出の道に付き添って行くことができなかったことを悔やんで涙の乾く間もなく悲しむのだった。「干る世」は、涙の乾く間。

さぶらふ人々、貴き(たか)も賤しき(いや)もあまたあり。されど大臣(おとど)の、「御乳母(めのと)たちだに、心にまかせたること、引き出だしつかうまつるな」など、親がり申したまへば、いとは

づかしき御ありさまに、便なきこと聞こし召しつけられじと言ひ思ひつつ、はかなきことの情もさらにつくらず。院にも、かの下りたまひし大極殿のいつかしかりし儀式に、ゆゆしきまで見えたまひし御容貌を、忘れがたうおぼし置きければ、「参りたまひて、斎院など、御はらからの宮々おはしますたぐひにて、さぶらひたまへ」と、御息所にも聞こえたまひき。されど、やむごとなき人々さぶらひたまふに、数々なる御後見もなくてやとおぼしつつみ、上はいとあつしうおはしますも恐ろしう、またもの思ひや加へたまはむ、と憚り過ぐしたまひしを、今はまして誰かはつかうまつらむと、人々思ひたるを、ねんごろに院にはおぼしのたまはせけり。

《さぶらふ人々、貴きも賤しきもあまたあり》と、斎宮に仕える女房たちの中には身分の高い者ばかりではなく身分の賤しい者も大勢いた。源氏は時には姫君の運命を握る女房の動静には、気を配り、強い口調で機先を制するように言い渡す。《「御乳母たちだに、心にまかせたること、引き出だしつかうまつるな」》——たとえ乳母であっても姫君に対して勝手に男を取り持ったりしてはならぬなどと、親代わりのような貫禄をもって申し渡したので、女房たちは源氏の《いとはづかしき御ありさまに》ひれふす。「はづかし」は、相手が立派に思えて自分は引き下がる。

そして、《便なきこと聞こし召しつけられじと言ひ思ひつつ、》と、不都合なことは源氏の耳に入れまいと、心に誓い、また口に出して言ったりもしたので、女房たちは誰一人斎宮に異性の話、恋の話などを持ちかける者がいなかった。《はかなきことの情もさらにつくらず》と、従って斎宮は、異性とちょっとした恋の風情を交わす歌のやりとりをしたりする機会もないまま、年頃を迎えたのだった。

ところで、斎宮には朱雀院から《院にも、かの下りたまひし大極殿いつかしかりし儀式に、ゆゆしきまで見えたまひし御容貌を、忘れがたうおぼし置きければ、「参りたまひて、斎院など、御はらからの宮々おはしますたぐひにて、さぶらひたまへ」と、御息所にも聞こえたまひき》と、結婚の申し込みが来ていた。まだ帝であった朱雀院は、伊勢へ下向する斎宮を大極殿で行われた別れの儀式の時に見たのだが、その時の、恐ろしいほど美しかった容貌を忘れることができず、伊勢から戻った母御息所に、《「参りたまひて、斎院など、御はらからの宮々おはしますたぐひにて、さぶらひたまへ」》——院の御所に来れば、斎院[*④]だの私の姉妹の女宮がいて、その方々と同じように暮らせるからと申し入れておいたのだった。だが御息所は乗り気になれなかった。

《やむごとなき人々さぶらひたまふに、数々なる御後見もなくてやとおぼしつつみ、上はいとあつしうおはしますも恐ろしう、またもの思ひや加えたまはむ》——すでに高貴な身分のれっきとした妃たちが仕えているところへ、新参者の斎宮が立ち交じったとしても数え上げるほどの多くの後見人もいないので、何かあった時にはどうにもならないのではないかと心配し、院は体が弱くて病気がちなのも寿命のことを考えると[*⑤]恐ろしく思われ、斎宮が悩みを重ねていく種になるのではないかと、敬遠したい要因が幾つも出てくるので、返事は先延ばしにしておいたのだった。

御息所が亡くなった今は、《まして誰かはつかうまつらむと、人々思ひたるを、ねんごろに院にはおぼしのたまはせけり》と、世話をしてくれる者など誰もいないだろうと、女房たちはあきらめていたところ、院から再び熱心な申し込みがあったのである。

大臣(おとど)聞きたまひて、院より御けしきあらむを、引き違(たが)へ横取りたまはむを、かたじけなきこととおぼすに、人の御ありさまのいとらうたげに、見放たむはまたくちをしうて、入道の宮にぞ聞こえたまひける。「かうかうのことをなむ思うたまへわづらふに、母御息所(みやすむどころ)いと重々しく心深きさまにものしはべりしを、あぢきなき好(す)き心にまかせて、さるまじき名をも流し、憂(う)きものに思ひ置かれはべりにしをなむ、世にいとほしく思ひたまふる。この世にて、その恨みの心とけず過ぎはべりにしを、今はとなりての際(きは)に、この斎宮の御ことをなむものせられしかば、さも聞き置き、心にも残すまじうこそは、さすがに見置きたまひけめ、と思ひたまふるにも、忍びがたう、おほかたの世につけてだに、心苦しきことは見聞き過ぐされぬわざにはべるを、いかで、なき蔭(かげ)にても、かの恨み忘るばかり、と思ひたまふるを、内裏(うち)にも、さこそおとなびさせたまへど、いときなき御齢(よはひ)におはしますを、すこしものの心知る人はさぶらは

れてもよくやと思ひたまふるを、御定めに」など聞こえたまへば、

源氏は院からも申込みがあったと聞き動揺する。斎宮の身の振り方は自分の権限内と思い込んでいたのに、院というやっかいな立場の第三者が介入してきたのである。源氏は《院より御けしきあらむを、引き違へ横取りたまはむを、かたじけなきこととおぼすに》と、院から明確な意向が示されているのに、院の希望を踏みにじって斎宮を横取りしてしまうのは恐れ多いことに思われ、どうしても気がとがめ、ためらう。

しかし一方では《人の御ありさまのいとらうたげに、見放たむはまたくちをしう》と、いかにも幼げで愛らしいところのある斎宮を、手元から放したくないという、斎宮にこだわる自らの気持ちを捨てきれない。源氏は判断しかねて《入道の宮にぞ聞こえたまひける》と、藤壺に相談する。《入道の宮にぞ》の《にぞ》の強意のことばに、秘密を分かち合う同士の、いざという時に示される存在感を意識させる。

《かうかうのことをなむ思うたまへわづらふに》と、相談事をかいつまんで語った後、自らの恋を反省を込めて打ち明ける。斎宮の母御息所はもともと《いと重々しく心深きさまにものしはべりしを》、と周囲に易々と動ずる事なく思慮深く身を処していく人だったのに、《あぢきなき好き心にまかせて、さるまじき名をも流し、憂きものに思ひ置かれはべりにしをなむ、世にいとほしく思ひたまふる》と、しょうもない私の好き心に巻き込まれたあげく、とんでもない浮き名まで流し、わたしはひどい男と恨まれたままになっているのがつらくて心に掛かっていたが、《その恨みの心とけず過ぎはべりにしを》と、御息所は私に恨みを残したまま亡くなってしまった。

しかし、御息所は亡くなる直前の臨終の時に、斎宮のことは私に託すと言い置いてくれたのだ。《さも聞き置き、心にも残すまじうこそは、さすがに見置きたまひけめ、と思ひたまふるにも、忍びがたう》と、私をそのように頼りにできる者として人から聴いて判断し、心にとめておき、思い残すことのないように何事も打ち明けて頼もうと、恨みは残しながらも私のことを信頼してくれたのだと思うと何ともたまらない気持ちになる。

《おほかたの世につけてだに、心苦しきことは見聞き過ぐされぬわざにはべるを、いかで、なき蔭にても、かの恨み忘るばかり、と思ひたまふるを》と、自分に関係ないことでも心痛むことには黙って見過ごすことができないものだが、御息所亡き後でも、何とかして生前のあの恨みを忘れさせるほどのことをして報いりたいものだと思っていた。そこへ残された娘である斎宮の元へ冷泉帝の入内の話が持ち上がった。《内裏にも、さこそおとなびさせたまへど、いときなき御齢におはしますを、すこしものの心知る人はさぶらはれてもよくやと思ひたまふるを、御定めに》と、冷泉帝もあのように大人っぽいところがあるが、まだ何と言っても幼い年頃なので、少しものが分かった人が側について仕えるのも良いのでないかと思って斎宮を推したいが、どうか」と語る。

「いとようおぼし寄りけるを、院にもおぼさむことは、げにかたじけなう、いとほしかるべけれど、かの御遺言（ゆいごん）をかこちて知らず顔に参らせたてまつりたまへかし。今はた、さやうのこと、わざともおぼしとどめず、御行ひがちになりたまひて、かう聞こえたまふを、深うしもおぼしとがめじと思ひたまふる」「さらば、御けしきありて数まへさせたまはば、もよほしばかりの言（こと）を添ふるになしはべらむ。とざまかうざまに思ひたまへ残すことなきに、かくまでさばかりの心構へもまねびはべるに、世人（よひと）やいかにとこそ、憚（はばか）りはべれ」など聞こえたまひて、後（のち）には、げに知らぬやうにてここにわたしたてまつりてむとおぼす。女君にも、「しかなむ思ふ。かたらひきこえて過ぐいたまはむに、いとよきほどなるあはひならむ」と、聞こえ知らせたまへば、うれしきことにおぼして、御わたりのことをいそぎたまふ。

入道の宮は《いとようおぼし寄りけるを》と言って、源氏の決断をことのほか喜ぶ。そして院からの申し越しにためらいを示す源氏に、さらりと事もなげに《院にもおぼさむことは、げにかたじけなう、いとほしけれど、かの御遺言をかこちて知らず顔に参らせたてまつりたまへかし》と、策を授ける。「かこちて」は口実にして、かこつけて。院の申し越しを断るのは恐れ多く気の毒に思うが、この際は母御息所の遺言を第一に考え、院には知らぬふりを通し、早速斎宮は入内させてほしいと言うのである。

さらに《今はた、さやうのこと、わざともおぼしとどめず、御行ひがちになりたまひて、かう聞こえたまふを、深うしもおぼしとがめじと思ひたまふる》と言って、源氏が今後の院のことをあれこれ心配したり気にしたりしないように、いかにも院のことはよく分かっていて、院にもの申す事もできる今上の母、院の義母の立場を押し出す。今の院は妃を召すというようなことに格別こだわっているわけでなく、仏道の修行に専念しているようで、母御息所の遺志によってこうなったと結果を報告しても、さほどひどくは咎めないであろうということを、ぬかりなく付け加えるのである。源氏は難なく入道の宮の手の内にはまっていく。

《「さらば、御けしきありて数まへさせたまはば、もよほしばかりの言を添ふるになしはべらむ。」》と、源氏は宮に刺激され宮の策に乗る。母入道宮の方から斎宮の入内を希望する旨の意向があり、入道の宮が斎宮を妃の一人として認めてくれるのであれば、自分からは入内を勧める口添えをするだけに止めればすむ、責任は入道の宮が負ってくれるのだと思うと、肩の荷が取れた感じでほっと安堵の息をつく。

《とざまかうざまに思ひたまへ残すことなきに、かくまでさばかりの心構へもまねびはべるに、世人やいかにとこそ、憚りはべれ」》と、これまであれこれ考え尽くしたことはすべてそのまま話したが、今回のことを世間は何と言うかということだけが気がかりではあると、話し終えて入道の元を去る。家路をたどる源氏の頭には、入道の宮から授かった策が駆け巡っていた。院の気持ちをないがしろにしたことを気に病む気持ちはすっかり消えていた。

後日、《げに知らぬやうにてここにわたしたてまつりてむ》――本当に院のことは無視してここに移してくればいいのだと宮の策を心につぶやく源氏がいた。紫の上にも《「しかなむ思ふ。かたらひきこえて過ぐいたまはむに、いとよきほどなるあはひならむ」》——今度斎宮をここにしばらく養女として引き取ることにした、話相手としてあなたとちょうど合う年頃だろうと伝えたので、紫の上はうれしいと思い、斎宮の移ってくる準備を進める。

入道の宮、兵部卿の宮の、姫君をいつしかとかしづき騒ぎたまふめるを、大臣の隙あるなかにて、いかがもてなしたまはむと、心苦しくおぼす。権中納言の御女は、弘徽殿の女御と聞こゆ。大殿の御子にて、いとよそほしうもてかしづきたまふ。上もよき御遊びがたきにおぼいたり。「宮の中の君も同じほどにおはすれば、うたて雛遊びのここちすべきを、おとなしき御後見は、いとうれしかべいこと」とおぼしのたまひて、さる御けしき聞こえたまひつつ、大臣のよろづにおぼし至らぬことなく、公がたの御後見はさらにもいはず、明け暮れにつけて、こまかなる御心ばへの、いとあはれに見えたまふを、たのもしきものに思ひきこえたまひて、いとあつしくのみおはしませば、参りなどしたまひても、心やすくさぶらひたまふこともかたきを、すこしおとなびて添ひさぶらはむ御後見は、かならずあるべきことなりけり。

入道の宮は、《兵部卿の宮の、姫君をいつしかとかしづき騒ぎたまふめるを》と、兄である兵部卿の宮が姫君を早く入内させたくて、その世話に躍起となっているらしいことが気になっている。というのも《大臣の隙あるなかにて、いかがもてなしたまはむと、心苦しくおぼす》源氏は兵部卿の宮とは疎遠にしているので、姫君の入内に対しどのような態度を取るのか気がかりでならないのだ。

権中納言[*⑥]の娘は弘毅殿の女御と呼ばれ、太政大臣の御子として常に美々しく威儀をととのえ大切に世話をされてきた。帝もよき遊び相手と思っている。入道の宮は冷泉帝の母として内裏を構成する妃たちの家柄身分年齢や役回りなどさまざま考慮して、釣り合いがとれているかどうかに気を配る。

入道の宮は《「宮の中の君も同じほどにおはすれば、うたて雛遊びのここちすべきを、おとなしき御後見は、いとうれしかべいこと」》と言う。「うたて」は普通ではない、困る。兵部卿の宮の中の君が入内したとしても、年頃が弘毅殿の女御たちと同じなので、どうも人形遊びをしているような感じになってまずい。そんな時、年上の世話役を担う斎宮の入内は願ってもないこと、本当にうれしいとその旨を帝に伝える。

入道の宮は改めて源氏の存在のありがたさを痛感する。《よろづにおぼし至らぬことなく、公がたの御後見はさらにもいはず、明け暮れにつけて、こまかなる御心ばへの、いとあはれに見えたまふを、たのもしきものに思ひきこえたまひて》――何でも気が付いて、朝廷の補佐役は言うまでもなく、帝に対する毎日の細やかな心遣いもしみじみと身に沁みて本当に頼もしい人だと認識を新たにする。

入道の宮は実はこの頃ではめっきり体が弱ってきている。《いとあつしくのみおはしませば、参りなどしたまひても、心やすくさぶらひたまふこともかたきを》と、常に病気がちで、参内してもゆっくりと帝の側に付いていてやることができない。「あつし」は、病弱である。《すこしおとなびて添ひさぶらはむ御後見は、かならずあるべきことなりけり》――だからこそ斎宮のような年長で、いつも帝の側に付いている世話役が是非必要なのだと語り手も強調するのだった。

＊①当時、身分の高い貴族の邸宅は、左京四条以北に集中していたという。（『本朝文粋』巻十二「池亭記」）
＊②「山寺の入相の鐘の声ごとに今日も暮れぬと聞くぞ悲しき」（『拾遺集』読み人知らず）
＊③史上の実例としては、円融天皇の貞元二年（九七七）、斎宮規子内親王の母徽子女王の例がある。
＊④桐壺院の皇女、女三宮。母は弘徽殿大后で朱雀帝と同腹。葵の巻で斎院に立ち、賢木の巻で桐壺院崩御により朝顔の斎院と交替した。
＊⑤院の病気のもとである物の怪をおそれ、またご逝去といったことで物思いを重ねる。
＊⑥摂政太政大臣。弘徽殿女御の祖父。

〈主な参考文献〉

『新潮日本古典集成　源氏物語　三』石田穣二・清水好子校注　新潮社　平成四年

『源氏物語評釈　第三巻須磨・関屋』玉上琢弥　角川書店　平成三年

『日本古典文学大系　源氏物語二』　山岸徳平校注　岩波書店　昭和四十年

『日本古典全書　源氏物語二』　池田亀鑑校注　朝日新聞社　平成元年

『日本古典文学全集　源氏物語2』阿部秋生・秋山虔・今井源衛・鈴木日出男校注　小学館　平成十六年

『源氏物語湖月抄（中）』講談社学術文庫　北村季吟（有川武彦校訂）講談社　平成二年

『源氏物語の鑑賞と基礎知識　澪標』監修・鈴木一男　編集・日向一雅　至文堂　平成十四年

「潤一郎訳源氏物語　巻二」　中公文庫　訳者谷崎潤一郎　中央公論社　平成二年

『円地文子訳源氏物語　巻二』新潮文庫　訳者円地文子　新潮社　昭和六十一年

『古典基礎語辞典』　角川学芸出版　編者大野晋　平成二十四年

『日本国語大辞典』　小学館　昭和五十四年

『広辞苑第六版』　岩波書店　平成二十年

『旺文社古語辞典　第十版』　旺文社　平成二十六年

『岩波古語辞典』　岩波書店　平成二十三年

『旺文社国語辞典　第八版』旺文社　平成九年

『明鏡国語辞典』　大修館書店　平成三年

『源氏物語辞典』　北山☒太著　平凡社　昭和三十九年
『現代語古語類語辞典』　芹生公男　三省堂　平成二十七年
『平安時代の文学と生活』　池田亀鑑　至文堂　昭和四十一年
『源氏物語―その　生活と文化』　日向一雅　中央公論美術出版　平成十六年
『源氏物語図典』　秋山虔・小町谷照彦編　小学館　平成十年
『源氏物語手鏡』新潮選書　清水好子・森一郎・山本利達　新潮社　平成五年
『源氏物語のもののあはれ』角川ソフィア文庫　大野晋　角川書店　平成十三年
『源氏物語を読むために』平凡社ライブラリー　西郷信綱　平凡社　平成十七年
『平安朝　女性のライフサイクル』歴史文化ライブラリー　服藤早苗　吉川弘文館　平成十八年
『なまみこ物語・源氏物語私見』講談社文芸文庫　円地文子　講談社　平成十六年
『源氏物語の世界』　秋山虔　東京大学出版会　昭和三十九年
『きもので読む源氏物語』　近藤富江　河出書房新社　平成二十二年
『源氏物語と白楽天』　中西　進　岩波書店　平成二十六年
『絵巻で楽しむ源氏物語十四帖澪標』　朝日新聞出版　平成二十四年
『日本の色辞典』　紫紅社　吉岡幸夫　平成十二年
『王朝文学の楽しみ』　岩波新書　尾崎左永子
『日本文学史　古代中世篇三　ドナルド・キーン、土屋政雄訳　平成二十五年
『平安の気象予報士紫式部』　講談社新書　石井和子

あとがき

『澪標』にも心残る場面が幾つもあった。人々の心を見つめて揺るがぬ作者の筆力は、私たちの前に深々と横たわる人間模様をありありと浮かび上がらせてくれ、かれら平安人たちと心を通わせられたような喜びを味わわせてくれる。

この巻に入ると公的な出来事として、朱雀帝がいきなり譲位し、十一才の春宮（皇太子）が新帝に即いて冷泉帝となる。それに伴って政権は右大臣側から冷泉帝を後見する左大臣側に移行して、源氏は政治の表舞台に立たされる。そうした外側の変化に影響されたり、されなかったりする人々の姿が生き生きと描かれる。源氏も変わるが、目も当てられない変わり様を示すのが弘徽殿大后であろう。

この人にはファンも多く、次はどんな手で源氏を追いつめてくれるだろうかと期待している。多くの読者は敵ながらあっぱれのきつい一言に溜飲の下がる思いをしてきたはずである。しかし息子の朱雀帝は、母の気持ちなど考えずさっさと帝の座を下りると、これからは自分のことで気に病むこともなく病も良くなるだろうなどと、母を慰める孝行息子となり、弘徽殿大后は孝行息子にいたわられるお母さんとして登場させられるのである。当面は権力を行使できない立場におかれても、弘徽殿大后は弘徽殿大后らしく強い女で居続けるのは、古代後期律令制国家の中にあっては不自然なことなのだろうか。考えさせられた。

私的な主たる出来事としては明石で源氏の女子が誕生したことである。源氏はこのことを女君にどう伝えたらいいのか迷う。噂が広がって外から女君の耳に入ったらさぞ傷つくであろうと思い、意を決して切り出す。いかにも迷惑そうに、思いがけない所に子が生まれ、しかも女の子なので放っておいても良いのだが、そうもいかずどうか憎まないでほしいとひたすら低姿勢で機嫌を伺うように。

女君は、源氏が自分が嫉妬することを前提に、むやみに気を遣って話すのが恥ずかしくて自己嫌悪に陥る。だから心の動揺は隠しそのことには触れずに、源氏は本気ではなかったのだ、すさび事の結果にすぎないのだと言い聞かせ自分を納得させようとして、普段通りに振る舞う。だが、そんな女君の心の葛藤をよそに源氏は、いい気になって、明石の人の人柄や琴の音がいかに素敵だったか、褒め言葉を並べて何もかも打ち明けてしまう。

その様子を見て女君は、明石の人は源氏が心を分けた女なのだとわかり衝撃を受け、思わず詠んだ歌が「思ふどちたなびくかたにあらずともわれぞ煙にさきだちなまし――思い合う二人のたなびく煙とは違った方に私も煙になって先に死んでしまいたい」という、強烈なものだった。

相手を思いやりながらも、自分を主張しつつ対話を深めていこうとするが、どこかで折り合いをつけない限り食い違うしかないのが一夫多妻制だろうが、一夫一婦制だろうが今日も続く夫婦の日常の姿であろう。ここには絶妙なかみ合わせでとらえられた普遍的な夫婦像が生々しく息づいている。それは『若紫』から積み重ねてきた二人の夫婦関係が一層深まってきた過程を示すものでもあろうと思われる。

残念なことにこの巻であの六条御息所が亡くなる。娘が斎宮に任じられると共に伊勢に下り、都に戻ったのが六年後だった。源氏はこの間、須磨から伊勢の御息所へと手紙を届け、二人は思いを交わし合った。帰還後も、娘への関心度も相当高かったが、御息所へは変わることなく暮らしぶりや体のことを気遣う手紙を届けていた。

しかし、御息所の方は気持ちの上で源氏を離れ、もう甘いことばに心を動かされることはなかった。今さらつらい思いを重ねたくなかったのだ。やがて伊勢での無理がたたったのか、病に倒れ重篤となり、出家をしたことが源氏の耳に入り、慌てて病床に駆けつけた時には死期が迫っていた。

源氏は危篤の母御息所から娘の処遇を任される。但し「さやうの世づいたる筋におぼし寄るな」――斎宮の相手としてあなたは認めませんからときっぱり言い渡す。密かに芽生えた魂胆を見抜いている御息所の鋭い指摘に源氏は感動する。最後に顔を見て別れのことばを交わしたいと思って几帳の中を覗こうとするが、御息所は帳のかすかなゆらめきからそれと察して「いと恐ろしげにはべるや」と言ってやめさせる。自分の病みやつれた醜い顔を美しい源氏には見られたくない。女としての矜恃を決して崩さない誇り高い御息所らしく、娘を引き受けてくれたことを源氏に感謝して七、八日後、静かに逝く。

私はこの御息所の一言が強烈で妙に心に残った。源氏より七才年上の御息所は容貌等を蝕む己の老いを充分にかみしめていたに違いない。そうして病や老いを受容していくうちに、「いと恐ろしげにはべるや」となっているに相違ない自己をそれと認識して、元恋人を拒む御息所はやはり素敵な女だと思う。自分もそれ相応の年ですでに〝恐ろしげ〟を帯びているのだが死期を迎えた時どうだろうかなどと考えてしまった。

『原文からひろがる源氏物語』シリーズも『澪標』で十巻目となる。皆様には次巻『蓬生』『関屋』までは書き続けることを約束しているのでがんばるしかないが、それ以後については何も考えていない。ただ先を読みたいと言う読者に催促されればまた心も動き始めるかも知れないが。先頃読者から次巻はまだかと問い合わせの電話が出版社にあったと聞く。面識はない方だがうれしい励ましのことばである。

毎度お世話になる一莖書房の斎藤草子さんには今回も全面的な校正作業にお付き合い頂いた。一文一語をないがしろにすることなく、厳しい目で検討してくださるその熱意には頭が下がる思いであった。感謝のほかかない。

令和二年十二月

《著者紹介》
田中順子（たなか　じゅんこ）
1941 年生まれ
東京都立大学大学院国文専攻修士課程修了
現住所　鎌倉市岡本 2-2-1-31
http://genjimonogatari.my.coocan.jp/

原文からひろがる源氏物語　澪標

2021年2月25日　第一刷発行

著　者　田　中　順　子
発行者　斎　藤　草　子
発行所　一　莖　書　房
〒173-0001　東京都板橋区本町 37-1
電話 03-3962-1354
FAX 03-3962-4310

印刷／日本ハイコム　製本／新里製本　ISBN4-87074-230-7　C0037